U0791250

戴 冰 / 著

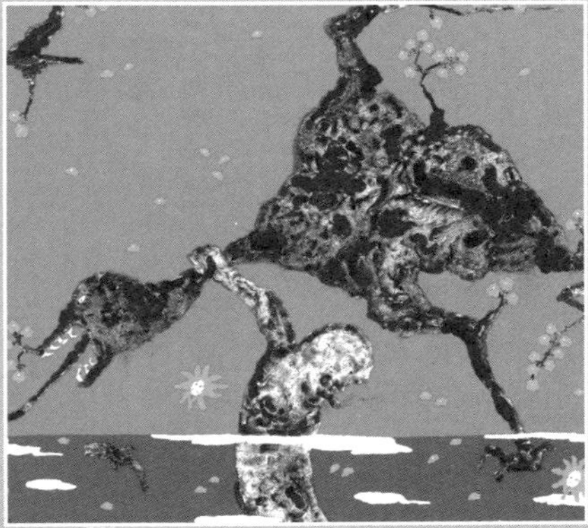

CHENSHIDENIAOQUN

尘世的鸟群

贵州出版集团
贵州人民出版社

图书在版编目（CIP）数据

尘世的鸟群 / 戴冰著. -- 贵阳 : 贵州人民出版社,
2022.7
ISBN 978-7-221-17098-9

Ⅰ. ①尘… Ⅱ. ①戴… Ⅲ. ①诗集－中国－当代
Ⅳ. ①I227

中国版本图书馆CIP数据核字(2022)第105128号

书　　名　尘世的鸟群
著　　者　戴　冰

出 版 人　王　旭
责任编辑　黄　冰
装帧设计　王丹丽
封面作品　董　重
内文插图　董　重
出版发行　贵州出版集团　贵州人民出版社
社　　址　贵州省贵阳市观山湖区中天会展城会展东路SOHO办公区
　　　　　贵州出版集团大楼（邮编：550081）
印　　刷　深圳市新联美术印刷有限公司
开　　本　889mm×1194mm　1/32
字　　数　155千字
印　　张　8.75
版　　次　2022年7月第1版
印　　次　2022年7月第1次印刷
书　　号　ISBN 978-7-221-17098-9
定　　价　58.00元

版权所有　翻印必究

光阴自有技艺（代序）｜ 钟硕

一

戴冰是一种不好言说的存在。就此，我的神经又被刺激着，有类似想玩火时含混着的不安与新奇。认识戴冰三十年了，交道不多。有时我谓之戴公子，带一点玩笑的意味，主要出于景仰其父戴明贤老先生的学养和修为，以及对戴家拥有众多藏书和书画的敬慕，认为他出自此等书香门第，身份感和我们普通人自然有所不同。再则，其间又听闻过一位朋友这么夸赞他：少年风光，十六岁获中日书法大赛特等奖，十七岁开始发表作品，蓄过飘飘长发，喜欢音乐热爱摇滚，二十六岁出个人集子……天赋、环境和勤奋样样在线，感觉这样的人别说当作家，他要成为一个其他的什么家，都不会太困难。

许多年前，曾在某刊物上无意翻到戴冰的一篇小说，叫啥名字忘了，只觉得行笔娴熟老练，透出一股子聪明劲儿。当时心里闪过一丝疑问，这么年轻，会不会有一种把玩？他的痛感来自书斋还是生活？

这样的有色眼镜下，“戴公子”加“文二代”，就成了我强加给戴冰的标签。这或许也算是一桩趣事，打量一个作家及作品，当我们预设的观念貌似合理时，悖论和反例便接踵而至。就如李后主锦衣玉食，赵佶不关注治国，对文化艺术就不会有足够的心得？手上有老茧和脸上有沟壑的，他一定沧桑？一笑。事实上所谓的身份与环境，并没有障蔽戴冰的远方。这些年来，除了小说，戴冰的随笔和乐评也颇受瞩目。如今频繁出现在大家视野里的，还有他的诗歌。

光阴自有技艺，它超然于我们的大脑。正是岁月不动声色的流转，矫正了我过往的偏狭与自负。印象中《山花》故去的老主编何锐老师说过，贵州的诗歌成就远高于小说。不知是针对文本的整体品格，还是针对写作群体的影响力？至少贵州“盛产”诗人是个不争的事实，就是小说家们也不时会跨界写诗。更有意思的是，小说家们写诗大多低调，没有那么强烈的个性要张扬，也不大有什么声名上的压力，是放下身段的那种，轻松自在，由着性子来，且品质并不输那些所谓的专业诗人。戴冰写诗，当属此列。

戴冰写诗很早，中途一度停笔，近年他再度开始诗歌创作，有时一天一首，或不止，有着近乎摇滚青年般的热忱与纯粹。拜读完戴冰的诗歌集子，我最深刻的印象就是：诗人的戴冰，心里始终住着一个少年。那少年长发飘飘，是个独行者，不会辜负自己的远方。

回到我早年的疑问与偏见，少年是否沧桑是否痛感真切，实则是个伪问题。这些诗行应该就是最好的应答：“有个老人 / 曾经高傲地问我 / 你沧桑过吗？”“有个影子 / 曾经高傲地问我 / 你死去过吗？”（《质问》）；“但凡经我创造的 / 都因它的拒绝而消弭 / 它只等待吞食 / 我将要创造 / 而又尚未创造的 / 无名之物 // 我无法停止这徒劳的 / 喂养，因为我就是那空洞”（《我每天都在喂养我的空洞》）；“当我因为感激，想去 / 吻那双手，它们突然枯萎 / 长出茂盛的指甲 / 抓挠大地”“像要挖一个坑 / 埋葬那些 / 诞生我 / 和因我而诞生的 / 无名的事物”（《一双手》）。

为了抵达未知与无名的事物，老人和影子，正是戴冰一生在反对的东西。或者说，懂得反对的人，他才可以远行，才能感知到那无法企及的“一双手”，才会体悟到对事物越是精确就越为可疑，越是标签就越是可笑的幻灭。按我的理解，戴冰很早就觉察到了游戏的荒诞与充盈。这种觉察，让他对各种窠臼有着足够的清醒。因此他的写作极具现代性，更多的是出于对事物内核的关照，对审美意趣的流连，对表象世界的悖反：

《房屋在唱歌》

我路过一座
四面透风的房屋
我听见它在低声唱歌
它似乎已经无所畏惧
从今往后，它不再接纳什么
也不再阻挡什么，它向整个
山谷，敞开它的一无所有
它任由鸟儿在梁上筑巢

任由一只瘸脚的猫
守着那个鸟巢，日夜恸哭
即便它的穹顶腐烂
我确信，它也不会坍塌
就像世间的某些人
因为虚无而被充盈
因为疯癫决定活着

求索、取证、痛苦与虚无，正是趣味灵魂的“标配”，更是游戏的原生动力。就此，少年的一生注定不会空过，不可能唐捐，他必定能够去到远方：“洞穴里其实什么都有 / 除了眼睛。它以一种平行的方式 / 支撑阳光，收纳了所有的阴影”（《洞穴》）；“在本质到来之前 / 我们就是一切 / 同时在一切中 / 取消自己”（《在本质到来之前》）。这些妙句，既是灵魂的游舞，更是思辨的智性。

我一向认为，能赋予文艺以光辉的人，一定怀藏少年。因为只有少年，才能够这么心无旁骛并兴致盎然，不断为生命寻求注脚。或者说，游戏精彩与否，与一种少年才会拥有的天趣或说宿命有关：“为某种意图 / 奉献了全部的 / 本质之后 / 语言 / 取消了自己”（《语言》）；“他坐在桥墩上 / 哭泣 / 呜咽和水流 / 交织 / 在所有的时间里 / 创造了那个时刻”（《哭泣》）。感此，若是回到文本的生成，这一切还等同于诗人的戴冰，在为自己隐秘的精神轨迹做一份“编年史”：“你的表情在云朵之间 / 夸张而凌乱 / 你的灵魂装满相互克制的咒语”“你的时间有一个浑圆的表面 / 来回滚动，为这无穷尽的世代 / 镀上一层厚厚的 / 金子般的灰”（《金子般的灰》）。

二

意趣与奥秘，往往就在别人熟视无睹的地方。在戴冰这里，“我”与“我”之外的人和事，仿佛是一种相互依存和印证的关系，近乎于平行时空一般的存在。就此，他的现代性始终是有根的，鲜活的，不是那种对碎片的停滞，或说在经验之中迷失和不知所措。

在全然与分殊之间，戴冰寻找到了自由进出的可能：“但这么多年来 / 我一直试图描述 / 那滴雨，描述被它击中时 / 我心中响起的那种宽阔的声音”（《一滴雨》）；“南面的墙 / 看它如何 / 原封不动地 / 把我的世界 / 弹回来”（《我偶尔想》）；“万物比较完各自的殊异 / 躲进了同一片阴影”（《万物的阴影》）；“我曾设想，铁轨的尽头 / 会不会是时间的 / 坟场。我们是不是应该 / 感谢，或者庆幸 / 没有任何消息，回来 / 打扰或者证实 / 我们对那尽头的恐惧”（《生锈的铁轨》）。

作为一个成名作家，戴冰近年被朋友戏称为“新锐诗人”，虽是开玩笑，实则也是对其诗歌创作整体品格的一种认同。事实上，戴冰一直有着“老诗人”般的触角，下面这首《马尔克斯穿着花衬衣》就是明证——他深谙此道，游戏的方式虽多，可万变不离其宗。

《马尔克斯穿着花衬衣》

马尔克斯穿着花衬衣
坐在加勒比的沙滩上
他身边站着布恩迪亚上校
黑白的死者，疯癫而忧郁

马尔克斯嘴边的啤酒破碎，化为泡影
而他头顶的椰树晕眩

布恩迪亚上校看着海上的波光
以为那是他留在马孔多的银鱼
它们曾因他的遗忘而死去

黑夜到来之前他们对看一眼
交换了一个造物的秘密

在我眼里，诗人的戴冰，比之小说家的戴冰并不逊色。或者，我还可以理解为对于戴冰，讲故事写小说做乐评估计是不过瘾的，选择写诗，是为了成全他自身本具的一种完整。这种成全，犹如对一袭未知的没有面目的“灵质”进行“呼形喝象”——不断与自己相遇，与他人神交，不断更新自己的远方，都是抵达真相的有效路径。戴冰与诗，自然是双向的选择，他以此为自己纷繁的精神动姿找到另外的豁口。这种完整，实在太文学了。

“一条河 / 滔滔滚滚的大河 / 在日晷的身后 / 不承认时间 / 不需要时间 / 同时放纵地 / 不舍昼夜”（《日晷与河流》）；“第二是时间 / 乡下的时间跟风一样长 / 但在城市，不知为什么 / 你动不动，就会去想 / 你的一辈子”（《城市叙事》）；“也许真正活着的 / 只有琥珀的透明 / 它向所有时间开放 / 不停地展示 / 一种残忍的悲悯”（《琥珀》）。戴冰的写作是极具辨识度的。时下某些诗写方向常被诟病，充斥没有价值的口水，鸡零狗碎，走笔线形、语言和表现力平庸，衰减了诗歌本具的美学属性，被认为更像是小说或散文片段的分行断句，取巧的嫌疑较大。戴冰的诗歌，既没有对流行元素的迎合，对传统抒情与叙事及固化的那一套，他也保持了足够的距离。

再从形制上看，戴冰似乎更习惯创作短诗，且是比较即兴的类型。而这种即兴，往往有着消解和构建共场的奇特效应：游走在虚实之间，不拘于及物与抽象的边界，犹如往黑夜里撒出一把闪亮的梅花针，它们不约而同很快找到对应的靶向，标的也随之现身。按我的理解，短制的诗写特质，不仅是以更简洁和别致的方式承载自己，很大程度对那些人设的宏大、造作的真相保持了应有的距离，并由此获得某种更幽秘、更纵深的可能。

《左手边的黄河》

凌晨两点
火车驰过兰州的边沿
广播里说，黄河
就在我的左手边
但窗外一片漆黑
我什么也看不见

车厢里的人都很激动
他们在玻璃上
压扁了自己的脸
一排一排的后脑勺
对着我，没有表情
我对着空荡荡的过道
没有表情。后来

我枕着两条清脆的铁轨
像枕着黄河迟缓的波涛
睡着了。就这样
因为错过了伟大的黄河
我记住了那个面无表情的夜晚

这首《左手边的黄河》，让我想起韩东的《有关大雁塔》。现代诗歌的读写，本质上就是在日常中拯救我们的经验，在悖论之处获得某种张望，而反中心反观念反经典，是另一种抵达。真正的诗者，无论新锐还是老手，但凡对生活怀有诚意，都能不断地掘出这种别致的诗意，并以此完成对造化的祭献：黄河伟大与否是另一个问题，那个“面无表情的夜晚”则唯独属于“我”个人。也就是说，所谓诗歌的现代性，实则并非一种革新，而是智性上的一种回落，是直指人心，是返还生活静默时的原初之态，是对任何“异化”的觉知。因此完全可以这么来理解，在这样的分行里，个体生命的真切与尊严会得以充分展现。

三

“比如一个想跳河的女人 / 中饭前，突然穿着干爽的衣服 / 出现在了家里 / 而另一个疾走如风的男人 / 四处打探，那些曾经建造

/ 又被损毁的庙宇”（《城市的雨》）。戴冰的很多诗歌，都有着十足的少年感。少年对世俗的隔阂，对时间和生活的忧惧，对世界的打量、触摸和命名，都被他化成了一种酷酷的短句，暗器一般有力道，一下子就能撂倒人。

这种风格，让我想起《双旗镇刀客》，少年孩哥的身手和神情——反世俗反成人反常识的世界，完全活在自己的节奏和逻辑之中。毫无疑问，这种不管不顾，产生了别样的美学意趣。好似一个物件被魔法静置之后，能自然闪烁出不一样的肌理与特质：“电流穿过线的路径 / 开始了刹那的远行”（《冬天的一种构成》）；“我收容了一千个 / 被别人挑剩下的字”“我成天与它们为伍 / 像守着一座暴躁的监狱”（《异类》）；“在那狂暴旋涡的中心 / 我突然渴望回到 / 那属于我的死寂 / 它只有针尖那么大 / 刚好容得下 / 我全部的恐惧和欲望”（《重金属之夜》）。

尤其值得一提的是，下面这首《一个人的时间》，非常吻合我对短诗的某种期待，即：拥有在叙事与理趣之间冷不丁的那种爆发力，同步散发出神秘性和张力相伴而生的独特魅力。

《一个人的时间》

时间在夏天发霉
冬天发酵

春天湿漉漉的
秋天老得发黄

一个赤身裸体的人
坐在院子里
默不作声地
吃糖

他在等他的时间到来
好去出生，好去死亡

脑补一下，一个人似乎有着某种生死两忘的空茫感，赤身裸体在一隅，且默不作声吃糖，然后出走……这种虚实之间的兜兜转转，非甜非苦，无关是与非，迸发出了强大的场。感觉既有一瞥海子和顾城合一的精魂，更有戴冰独有的硬朗和决然——或许生命会在旁人看不见的地方，经历滚烫与血泪，失语于对生活的爱和忧惧。因此这些文字，已然不是简单的意象组接，是稀有的神来之笔，是更具神秘性的超低空滑行的符号，犹如人类在派送某种内蕴充沛却又不可言传的图腾。

当然就整体性而言，这首短诗的问题也比较明显。在我个人的阅读习惯里，除了标题板正，第一段还显得随意或者局限了什么——

它完全可以处理得更巧妙。诗歌并不必要如小说处理时空场景般的那种完整。再者，短诗的意蕴传递，是焦点视角的追踪发散，还是会有散点视角或复调结构的可能？后者导致的是新的特质还是瑕疵？这是值得商榷和探索的。

这个问题，我在读《城市的雨》时也有同感，从“我猜测，要么是雨小了”到“又被损毁的庙宇”，已经很完整，感觉前后的其他段落行文都是说明书，是需要忍痛切除的部分，或是可以分拆，另起炉灶做成一个系列。无论怎样，短诗创作，更需要信任读者。诗行淌出去它自有生命，不光是作者一吐为快，如果附加的东西多了，在阅读端就缺失某种“内在的空虚感”。而这种空虚感，会自动向着更本然、更静默的地方弥漫，同时还是读者和作者的神交之处，更是作者与自己得以第二次相遇的地方。

对于写作，永远没有胜利者可言。戴冰怎么可能成为例外？近日脑海里忽然蹦出一句：真正的小说家都欠自己一首诗。总的来看，戴冰的诗歌时有惊艳，时有雷击，有时又透出一种重复和纷杂，带着小说家的某种惯性。我这么言说，作为评论者，这是把他放在和那些所谓的名家实力派一个层级横加妄议；作为读者，则是一个吃货对美食的无限企望，或对一个值得期待的厨子的挑三拣四。

近年戴冰和我隔三岔五时有交流，一种不带任何色彩的读写交流，双方都很轻松，也比较放得开。我曾开玩笑说，这种交流，本身就很诗歌。我甚至直言，其父戴明贤老先生的存在，对他是一把双刃剑——“文二代”虽然会得到家风家教的滋养，拥有较高的起点，但对于少年即负盛名的他，也会形成一种遮蔽，导致外界关注他作品本身及精神气象、艺术特质的不多。因此我的“挑三拣四”，仅是对彼此间一直在做自由交流的一种延续。

根本上看，戴冰写诗，是出于自身的某种宿命或说天趣，他并不需要受制于所谓诗学的条条框框。少年本真，必然我行我素，既然对一切不迎不拒，自己滋养自己就不是个问题。同时戴冰也并不在意自己的作品及影响力被低估，就如少年的独行，本身就拥有一种常人并不具备的纯粹：“对此，我没有什么过多意见 / 只有种隐约的不安 / 没有道理，无法解释 / 就像为了保存 / 一个精灵的妖异，他们 / 在一个错乱的早晨 / 把它提前制成了 / 虚幻的标本”（《表情包》）；“世界在去往语词的途中 / 化为泡影”（《博尔赫斯》）。

不难想见，始终怀藏着少年的戴冰，必然能够与万物混搭，能够与他人共用一副灵魂。他的身上，不时会闪过博尔赫斯、马尔克斯、梵高、毕加索和达利的一抹精魂（实则还有他喜欢的音乐家和歌手们），有时显得有些达达主义，有时又格外留心经典和传统的东西。我想说的是，出走就是归家，犹如怀揣无法言喻的乡愁。戴冰是一个成功躲避了各种标签及窠臼的作家。他似乎什么都可以契入，又什么都可以抽离，不变的是他前行的身姿——少年的心性，始终在独自运化着，无始无终。

我始终相信，写作原本就是一种最完美的自我教育。答案应该就在路上，独行的少年永具活力。当他在自身的敏捷和聪慧中慢下来，一定会有更辽阔的远方。就如《我曾梦见我在夜间飞行》里所言，“那些时间的花朵。我给它们带来 / 另一个世界的怜悯和诅咒 / 然后寻找一处缝隙，躺下来 / 和它们一起安歇。我爱它们 / 那种已经浑然不觉的空无”。祝福戴冰。

目录

董重作品《无题》

他在等他的时间到来

好去出生，好去死亡

一个人的时间

时间在夏天发霉
冬天发酵
春天湿漉漉的
秋天老得发黄

一个赤身裸体的人
坐在院子里
默不作声地
吃糖

他在等他的时间到来
好去出生，好去死亡

2021.3

哭泣

他坐在桥墩上
哭泣
呜咽和水流
交织
在所有的光阴里
创造了
那个时刻

2007.12

尘世的鸟群

一根半路出家的树
歪斜，延伸三千年
终于跨过河面
但那不是彼岸，只是彼岸的一个路标
时间多么漫长，即便是时间本身
也已变成遗骸，变成碎屑
想象常常逸出时间，用碎屑填充虚无
而只有在想象中，虚无才是现实

在这四面环山的河谷，受惊的鸟群总是冲散
慈悲的呢喃。没有晨钟，只有暮鼓

此岸的土地上，人群变幻面孔
世世代代，守护血脉
像守护一盆受潮的炭火
他们默念着逝者如斯的箴言
盯着河水看，看一辈子
脸上渐渐换上鱼的表情
吞进尘世的灰，吐出泡沫

2021.5

动物不会死亡

据说动物不会死亡
因为它们缺乏永生的欲望
而我们探讨水和火的本性
干涸、冰凝
还是熄灭，或者燃烧

万物在虚无的有
和有的虚无中循环
在无头无尾的静默中喧嚣

夜鸟没有真的睡去
它们抓着一根似是而非的枝条
惊讶于一个人
如何睡去
又猝不及防地醒来
与一截时间的急刹
迎头相撞

2021.5

一个人坐在屋子里

一个人坐在潮湿的屋子里
除了一张椅子，四周堆满他模仿蛇
而褪下的皮。他偶尔冥想
吃他刻在竹片上的字
喝一种他从未用过的墨汁

他梦到他试图开门，去到屋外
但屋子的主人带走了钥匙
而且已经溺死在
一个沙漠中的湖泊里
另一次他梦见有人敲门
他开门，无人

2021.5

我曾误入一个人的梦

我曾误入一个陌生人半醒的梦
他用他眯着的右眼
瞄准了一只
被他熟睡的左眼
放飞的鸟
而我站在
他和鸟之间

等待是一片尖叫的矿场
满地乱滚的石头
停止了那么一瞬

另一个迷路的陌生人
好奇地揭开
我的眼皮
让我灼热地醒来

2021.5

万物的阴影

一个苹果掉到地上
我触痛了手指

花朵自一只蜂鸟的喙中
尝到自己的蜜

蜥蜴吞食同类
生下另一条蜥蜴

万物比较完各自的殊异
躲进了同一片阴影

2021.5

露珠的世界

露珠抱紧自己
悬挂。雌性精灵的子宫
因绝望的圣洁，只孕育透明

隔离万物
又允诺万物
穿过它的形体

天亮之后，一切重新命名
露珠滴落，消弭于自己的渊深

2021.5

我所看见的事物

我所看见的事物，都倒立着
像长在天空的镜子里
镜子的背面，一个男孩在做鬼脸
我看不见，但平静的湖水看得见
湖水容纳了所有污垢
吐出一朵莲花。这次我看见了
天空的镜子没有看见

但男孩看见的，湖水也看不见
男孩是个哑巴，他急促地比划着
怎么也表达不清楚
困惑的事物逐渐靠近他
像冬天的柴
靠近一堆火

黎明前，绝望的男孩
不得不模仿了那个场景
他从堤坝的边沿高高跳下
把一条隐居多年的鱼，溅出了湖底

2021.5

一条鱼

一条鱼窥探我的梦
我不知道可不可以解释成
一条鱼代表水
拜访了陆地

我不是陆地
我的梦也不是

倒是我
常常梦见自己身处水中
但这并不是说
我就是一条鱼

我只是像鱼一样沉默
孤零零地游荡
嘴唇嚅动
说着无处可说的秘密

2020.5

房屋在唱歌

我路过一座
四面透风的房屋
我听见它在低声唱歌
它似乎已经无所畏惧
从今往后，它不再接纳什么
也不再阻挡什么，它向整个
山谷，敞开它的一无所有
它任由鸟儿在梁上筑巢
任由一只瘸脚的猫
守着那个鸟巢，日夜恸哭

即便它的穹顶腐烂
我确信，它也不会坍塌
就像世间的某些人
因为虚无而被充盈
因为疯癫决定活着

2021.7

乡野

一座荒坟挡住去路
而蝴蝶的磷火翻飞
阳光下我的影子凸凹不平
描摹地面
也描摹那座荒坟

有一句什么话
在我的唇齿间萦绕
它可以描摹整个世界
却在最后一刻
跟着骆驼
穿过了针眼

2020.5

整个夜晚

整个夜晚被汗水浸透
天亮之后
蒸腾的岩浆
远处鼓声一样的头痛
刺眼的失眠
所有一切
都告一段落

那个黝黑的形象仍然模糊
与艰难延伸的日影一道
覆盖了剩下的
全部白昼

2019.7

午睡时刻

你带来多大的热情
像植物的根须
灌满汁液
以一种近乎曲张的方式
它进入
为了更深地进入

而泥土因此膨胀
因此炸裂
因此成为一个之后的
单纯而永恒的
夜

夜是无限的
是无限的夜具体而微的象征
是你的象征
是你象征的那些美好事物
被撕裂时的速度、深度和广度
同时是我想成为的
组成你的那些
美好事物

我醒过来
回到今天上午
回到时间因曲张而扭曲的我的脸
感到那之前的一切
结成了块茎

在泥土里
我看到最后出现的花瓣
它因为曲张而展开
缀满我们的预言

2014.

预感

它来自虚无
却向我靠近
像梵高的麦田飞出鸦群
像那张惊悸的脸
站在蒙克的桥上
越过宽阔的河面
冲我吼叫

我从未有过这样的感觉
这让我的每一天
都像最后一天
而我
试图在它到来之前
做完人生中的每一件事
然后转身
抱头躬背
承受一次
虚无的猛击

2020.4

在本质到来之前

在本质到来之前
我们是嬉戏的影子
不为己悲
不为物喜

在本质到来之前
我们是狂乱的尘埃
裹挟着风
在围墙和栅栏之间
制造看不见的缝隙

在本质到来之前
我们就是一切
同时在一切中
取消自己

2020.4

语词

从纤维的木质里
提取金属
而夜是铁
是铁的尖叫
铁的火花
铁的执拗而迟缓的缄默

语词被灼伤的舌头洞穿
直抵脆弱的锋利
而夜是碎屑
是碎屑的碎屑
渐至无形
又复归于最初的蒙昧

黎明前他进入夜
带着悲怆的傲慢
和充实的幻灭

2008.8

此在

我住在我的时间里
而时间
以我为船

我摸着石头过河
我来到我的对岸

幽暗潜入我
我把蜉蝣的锚
放入心底的深渊

2020.5

瞬间

一滴露水粘住树叶
隐匿着自己的透明
四周是无限的广大

螳螂、蚱蜢，或者瓢虫
透过露水的凸镜
聚焦于
这无限的一个局部

小鸟的双脚划过水面
为它已经掠过的空间
开辟了一条
暂时的道路

2021.4

倏忽而至的夏天

一团蚊子在浓淡之间
模仿烟雾。路灯因紧张
站得笔直，它们害怕
被突然点亮。操场上
两个留下来接受训斥的学生
低头、驼背，一前一后
离开了学校。围墙的边沿
一字摆开几张躺椅
老人们一动不动
像搁浅已久的鱼
徒劳地等待一场暴雨

夏天的每一个黄昏，晚饭之前
总有这么一段枯燥而黏稠的时光
但那天不同，那天发生了一宗意外
一个因种种原因
决意去死的女人
冲出家属区，横穿了整个操场
把那一年的夏天，删减得
只剩下她拼命奔跑时
双手捧在胸前的
两个巨大的乳房

2021.5

有人想去看星星

今夜，有人决心爬上山顶
去看星星。决心委身于某种疯癫
或者神秘。没人阻止他
谁都理解，一个灌满了啤酒的肉身
有时多么沉重，像一滴垂死的雨
渴望着要么回到天上
要么坠落大地

他不认识的许多男人和女人
在世上走。晚上不睡，早上不醒
他们并不相识，却又彼此梦见
他们喝各种各样的酒，吃土
吃土里长出来的东西
但古往今来，没有人比他
在此时此地更犹豫不定

夜半时分，半山的坡上
他混浊地醒来。像一面池塘
陪着他的，除了周围那些因为无法受精
而变得浑圆的卵石
只有一条正在舔食他呕吐物的狗

与他曾经有过又失去的所有事物一样
他发现他心里残留的一点酒意
也在消失。消失得那样快
那样不合时宜

它们其实不是星星
他对那条刚吃得半饱的狗说
而是被我诅咒的
没有羽毛，也没有翅膀
却永远无法停止飞翔的鸟群

2021.5

半夜狂欢

曾经有两个彻夜的狂欢
将于午夜，在我心里同时举办
我却不知道，该去哪一个

距离我的身体三尺之外
面对面坐着，我与我商量
而夜是一片呢喃的蜂群

我们争论不休，甚至大打出手
因此，我们不仅错过了入场时间
还撕毁了那唯一的门票
从此我们学会假装遗忘
再不提起那个夜晚
但为了暗示彼此的仇恨
我们常常当着对方，向另外的人描述
黎明到来时，我们看到的景象：
一只乌鸦，在阳光强烈的灼痛下
变得雪白，以至于隐没

2021.5

电影场景

有人在沙漠中
发现了一具干尸
一个高大男人的轮廓
和一种气味的焦糊
发现者是个包头巾的男孩

长颈的骆驼仰视
向暧昧的天空会意地点头
男孩放弃了他的远征
决心把男人带回尘世

男人的躯体横在两个驼峰之间
像一把裹着皮革的夹子
而骆驼胸前的铃铛摇晃
应和男人两颗干瘪的睾丸
它们一起击打阴囊的鼓皮
敲着重返人间的节奏

2021.5

一滴雨

我遇到一滴雨
砸下来
在我的头颅上碰得粉碎

我没有关于它的任何讯息
不知它从何而来
也不知它原本的目的地

我任它像泪痕
挂在鼻梁的一侧
在空气中慢慢散去

它像正在变浅的某种颜色
正在变淡的某种滋味
或者正在遗忘的某个人

我走到十字路口
它已经彻底消失
没人知道发生了什么
我也不可能告诉别人发生了什么

我从外环走到郊区
并不以为一滴雨的蒸发
会让一座城市的空气变得湿润

但这么多年来
我一直试图描述那滴雨
描述被它击中时
我心中响起的那种宽阔的声音

2019.3

有个冬天的夜晚我站在石桥上

月光在卵石身上变得可以触摸
坚硬，无棱角
两种冰凉无数次邂逅，但从不交谈
背靠背，像一对心知肚明的恋人
只有上涨的河水可以把它们再次分开
而雷声静默，还等在遥远的夏季

月光有时像雾，有时像霜
像雾的时候它表演抚摸
像霜的时候它表演拥抱
而卵石始终仰着脸
躲避它没有五官的浑圆

卵石之间有些溪水的心绪
细微、迟疑，同时浮光掠影

有个冬天的夜晚我站在石桥上
看溪水流过卵石和月光
绕开了那些
因干渴而正在死去的小鱼

2021.5

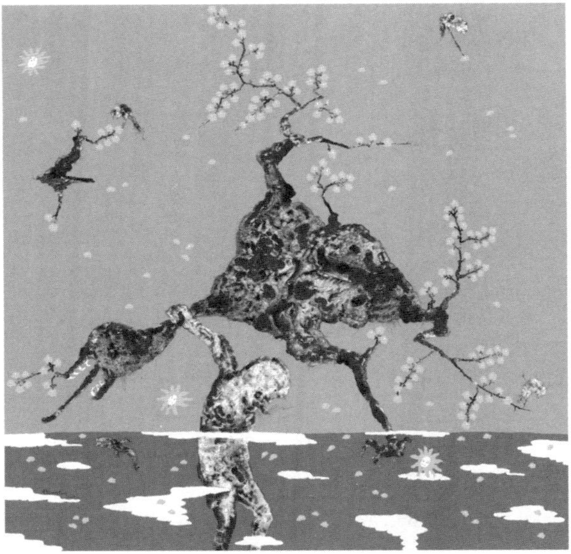

董重作品 / 《野兽》/ 混合材料 / 150×150cm / 2007

董重作品／《栖息 NO.1》／布面油彩／ 200×250cm ／ 2012

冬天的一种构成

五只麻雀站在电线上
缩头，闭眼
默念去年的一些米粒
点线面的构成中
它们占据了点的位置
而且不止一点

接下来是电杆
面的卷曲，线的展开
竖起来
挡住了部分
横的视野

而是天地同色的白
因为广大而不易觉察
全部的背景，近乎于无
近乎于针尖上
那一点微弱的悬浮

电流穿过线的路径
开始了刹那的远行

2021.5

马尔克斯穿着花衬衣

马尔克斯穿着花衬衣
坐在加勒比的沙滩上
他身边站着布恩迪亚上校
黑白的死者，疯癫而忧郁

马尔克斯嘴边的啤酒破碎，化为泡影
而他头顶的椰树晕眩

布恩迪亚上校看着海上的波光
以为那是他留在马孔多的银鱼
它们曾因他的遗忘而死去

黑夜到来之前他们对看一眼
交换了一个造物的秘密

2020.5

胡安·鲁尔福的美学

一颗石化的心拦住胡安·鲁尔福
你是巫师，它说
我要你让我跳动

一只干涸的独眼拦住胡安·鲁尔福
你是巫师，它说
请出示你的泪珠

一个灰白的灵魂拦住胡安·鲁尔福
你是巫师，它说
我想感到罪恶

胡安·鲁尔福拦住胡安·鲁尔福
你是巫师，他说
在毁灭你之前，请先毁灭我

2020.5

博尔赫斯

毕达哥拉斯的石子掉进河心
涟漪扩展，囊括宇宙
时间算计时间
空间啃噬空间
而历史坍塌
跌落迷宫
迷宫旋转、交汇、折叠
重新组合，成为混沌
太初有道，太初有言
语词无中生有
在混沌中盛开如花朵
蜷曲如胚胎

一双盲眼挡住命运
世界在去往语词的途中
化为泡影

2020.5

谢灵运的下午

池塘生春草
也生朝菌

长颈的鹤远眺
头伸进黑色
身体留在白里

琥珀做一个晦涩的梦
寂静半闭着眼睛

一滴淡墨掉下来
水面纹丝不动
错乱的是天空的倒影

2020.5

梦中游戏

我被陌生者
抛进一间漆黑的房间
房间里据说有一只
闭着眼睛的
漆黑的猫
我只有找到它
哀求，说服
最后拽着它的尾巴
由它带领
我才能重见光明

我没有寻找，也没有倾听
而是坐在房间的地板上
笑了。因为即便在梦中
我也知道，这是一个骗局
一个陷阱。没有陌生者
没有猫，而那只猫
没有眼睛

2021.9.28

我和我的影子

我在山的背阴的一面走
而我的影子走在
山的另一面。阳光下
它舔着起伏不平的土地
像一个虔敬的信徒

它不知道，它因我而生
我到达不了的地方
它也到达不了。如果我
走进它，如果我躺下来
成为它，它将从这个世界
消失。但它并不感激我
也不怜悯我，只是跟随我的
行动，服从我

我多么嫌弃
我的影子。我举手召唤它
它也举手，但它召唤的
不是我，是另一个人的影子
它们在山的那一边
手牵着手，默不作声地

背叛了我们。两个
从未谋面的
大汗淋漓的肉身

2021.9.28

你急于离开你的房子

你急于离开
你的房子
但又不得不滞留其中
因为离开之前
你想用石头
置换掉你所有的家具

你想象一百年之后
当你的房屋崩坍
当你的锁和你的四壁
不再阻挡好奇的风
进来，又失望而去

当你把你的镜子
置换成一块石碑
任由风在上面
随便写点什么

你于是劳作直到夜晚
然后躺下来
成为你自己的床

2021.10

鲁迅与眉间尺

眉间尺的肉体穿过矿石地
包袱里只有剑柄
无人能够看到剑身
它过于锋利
变成了透明

他的魂灵留在家乡
看顾母亲的贫寒和父亲的坟茔
他千山万水地行走
心事浩渺
如黑暗的宇宙

都城的街道上人群如潮
而他像扁舟

国王的宫殿外
鲁迅的魂灵如期而至
他附身于那锋利的透明
像一滴雨水投入江河
像一粒尘灰融入大地

2020.5.21

垂直与平行

我的两只脚
在水泥的表层
展开，保持着
我与这个世界的
垂直关系。有时
我提起其中一只
让它凌空而蹈虚
让另一只
重得喘不过气

有时，我凭借它们
同时的奋力
跳跃如掷出石块
短暂地区别于
那些被掩埋了
一半的肉体

而此刻
我仰面而躺
不再有目光
与这个世界
平行

2021.9

案件叙事

他拿着一把手枪
在与另一把手枪的对峙中
因为懦弱而退缩
从此他害怕自己的影子
也不敢直视别人的眼睛

他的影子在黑暗中诅咒
他却一声不吭
偶尔有风从门缝进来
又逡巡着离去

岁月如暮色
记忆如根须

有个后半夜
草叶拔节的声音让他一跃而起
他找出那把和他一样懦弱的手枪
连同耻辱
在一阵缄默的晕眩中
插进自己的嘴里

一个盗贼

在他命运的中途破门而入
却面对他的枪口匍匐在地

盗贼的眼睛看着他的眼睛
他们的影子重叠着他们的影子

寂静在一只夜鸟的嘀咕中破碎
出于怜悯
他对准盗贼
勾动了扳机

2020.5

琥珀

透过金黄的光晕
有一只昆虫的躯体
双翅翻飞
振动傍晚的空气

所有迹象都在掩饰死亡
而死亡被保留在
永生的姿态里

也许真正活着的
只有琥珀的透明
它向所有时间开放
不停地展示
一种残忍的悲悯

2020.5

有些事情，有些时候

有些事情
你永远无能为力
比如不翼而飞
比如无水而泳
比如你想弄明白
心中突然出现的一阵悲恸

有些时候
你被指引
但走到一半
发现那不过是某人
无意识地
举起了手

2020.5

城市叙事

第一次进城
他看到那么多陌生的东西
一面玻璃幕墙上
映着他的脸
还有身后的整座城市

他的脸和城市
在幕墙里泛着暗蓝的光
悄无声息
像在邪恶地模仿
一座城市的喧嚣
和一个人的表情

他从未在田野里
见过这种颜色
因此，每一种事物
他都只看一眼
马上转过头去

他从一条小巷来到另一条小巷
从一条大街来到另一条大街

他想象那些大街和小巷的关系
就是牛的脊柱
和两边肋骨的关系
他觉得只有这样想象
他才不会恐惧

（他是一个乡村屠户
平时杀的是猪
他想象牛
是因为牛比猪大
就像城市比农村大）

下午六点
他想回到先前下车的那条街
但一头牛的肋骨让他迷陷
他不敢开口询问
怕他的乡下口音
会引发一场灾难

天黑尽后
他坐在一家银行的台阶上

一边哭，一边想他的家
想他的童年，他的父母
还有老婆和一双儿女
想女儿的眼睛上
有两根睫毛
不知为什么
比别的更长、更翘

等他终于找到车站
已经是凌晨四点

许多年后
他给我说
城市和农村的差别
第一是风
乡下的风是长条的
不像城市的风
那样容易破碎

第二是时间
乡下的时间跟风一样长

但在城市，不知为什么
你动不动，就会去想
你的一辈子

2020.5

一年四季

有一年春天
神秘的鸟
以我的瞳孔为巢
它来去无常
所以我们并不相识

有一年夏天
我的耳朵
模仿各种各样的声音
惟妙惟肖，让我忘记了
这世界的寂静

有一年秋天
我摸到月亮的壳
我把它泡在
我的血液里
让它起皱，像一张
写满神话的羊皮

有一年冬天
我赤身裸体

看我的棉衣
甩着两只袖子
朝向旷野
奔跑
离我而去

2021.10

卧铺车厢

独眼男人
平躺
枕木一样
在两条反光的
铁轨上

他假寐的眼睛
是窗外
夜的
两块小小的
飞地

一块已经
永远属于他
另一块
正被他带着
短暂地逃亡

2021.10

他们都不说话

他们走在大街上都不说话
他们睡在河岸边都不说话
他们面对面都不说话
他们背靠背都不说话

水流替代了他们的声音
夜晚替代了他们的影子
一面凌晨的窗玻璃
反光，替代了他们的眼睛

他们涂着黑色中的黑色
他们数着沙砾中的沙砾
他们俯身
抱紧他们共有的
那巨石般的灵魂
溺死在一片
天空的海水里

2021.10

被耳鸣折磨的女人

她曾经是整条街上
有名的泼妇
但如今她学会了安静
也学会了倾听
如今她成天坐在
临街的一张小凳上
不再关心
鸡鸣狗盗之事
只专注于管理
全世界的声音

2021.10

彼此

那之前，除了在电影里
我从未见过真正的稻草人
但这一次，我同时见到了两个
当火车划出一条迟缓的弧线
我驰过它们共同职守的田野

它们背对背站着，低于树
高于庄稼。我越来越远地
注视着它们，默默计算
一个稻草人和两个稻草人
有什么区别。一个稻草人
可以偷偷睡觉，但两个
两个稻草人，为了恫吓
盗贼，会不会在某个
不下雨的晚上，放火
烧了对方

2021.12

毛茸茸的男人

河流只满足于
游览，井不同
它贪婪于囤积
围拢，向上
攀缘星星摇晃的
水平面

一个毛茸茸的
男人，酒气熏天
井一样站着
河流一样走向
地平线

2021.10

有时候

有时候
你像一堆柴
徒劳地抗拒一把火

有时候
你像一口井
枯槁地站着

有时候
你希望你的世界
以各种各样的方式沦陷

有时候
命运击中你
却不穿透

有时候
时间像一根刺
卡在你和某个事物之间
让你们永远
无法靠拢

2020.6

世界之窗

这世界有一扇窗
挂在高高的墙上
只有尚未出生
和已经死去的
几个哑巴
知道
它是照着另一扇窗
画出来的

2021.8

一个人的影子

有人在只有一盏路灯的
小巷里，来回奔跑
汗珠飞溅，如雨天的泥浆
面朝我时，他像在逃避他的影子
背对我时，他像在追逐他的影子
我不知道他是醉了，还是疯了
也不知道他什么时候会累得
猝然倒下。我只能揪心地
看着他。直到黎明前
我用弹弓击碎
那盏路灯。影子消失
他才停下来
茫然地清醒了

2021.9

董重作品《斗兽》

它们挥动触须

无限地接近

一片透明的玻璃

大街上

大街上
路人擦肩而过
我试图铭记
每一张脸
仿佛想要留住
指缝间的
恒河之沙

我恐惧
这日常中
分分秒秒的邂逅与永不再见

而此之际
那些陌生的面孔
“黝黑树枝上的花瓣”
纷纷扬扬
也带走他们眼中
组成我的瞬间

2020.11

壁画

我站在壁画前
用眼睛抚摸
那起伏的凝固

月亮从山后
突然升起
给了我
它亘古的
一个刹那

2020.12

春天来了

春天来了
油亮的青草
长满乱坟岗
它们根植于古老的死亡
就像无数个瞬间
根植在唯一的
永恒之上

2021.3

卡尔维诺的蚂蚁

每一个字母
都是一只蚂蚁
它们嗅着气味的蜜
穿越一座
不存在的城市

书页的行军中
它们近亲繁殖
有目的，有秩序

在一个沉睡者
聒噪的惊悸里
它们挥动触须
无限地接近
一片透明的玻璃

2021.3

某物

从前，我觉得我被某物占据
以一种我不得而知的方式

后来，我觉得我囚禁了某物
以一种我不得而知的方式

现在，以一种不得而知的方式
我知道，我就是某物
而某物
已经不辞而别

2021.3

语词

我用语词描述死亡
当它接近死亡
它出生了

我用语词描述出生
当它接近出生
它死去了

乌鸦停在矮墙上
与男孩之间
隔着一把弹弓的距离
弹弓里没有石子

乌鸦飞走
留下一点漆黑
就像一只
因瞄准
而收缩的瞳孔

2021.3

一百个夏天

一百个夏天纠结
记忆弥漫
渊薮的平面展开
历数罪孽
读永远读不完的宣判

夜晚浑圆
头颅的鼓皮喑哑

在一阵倏忽而至的惊醒中
我看见我正俯身察看
我熟睡中的脸

2021.3

失眠

我不相信我会睡过去
也不相信我会醒过来

夜晚是暴烈的沙滩
我站在贝壳的刀刃上
独自观看
一个凝固的大海

2021.3

博尔赫斯的献祭

开始他说，求那造物给予他的
命定的网
有所破损，好让他
看见一点光

幽暗是一座殿堂
他枯坐其间
唯一剩下的，只有语词

接着他把失明
看成一种事后的献祭
他把他的双眼
迟疑地
献给了自己

造物在殿堂之上
第一次，用语词发声
他说，要有光
于是，就有了光

2021.5

我假装认识所有的树

我假装认识所有的树
飞鸟、石头，还有昆虫
但它们假装不认识我

我真的熟悉所有的湖泊
溪流、井，还有海洋
但我假装不会游泳

2021.5

古生物博物馆

站在一条延绵的鱼龙
石化了的骨架旁
我们一起表演时间

阳光倾斜，切割
排列又合拢的骨架
竖起栅栏的阴影

被囚禁的不是我
也不是那条石化的鱼龙

在一阵呛鼻的窒息中
透过那些明与暗的间隙
我看见猝死的尘埃们
解放了自己

2021.5

语词的彼岸

我看见，在那语词的彼岸
有一团阴影在发光
它照亮了镜子的背面

镜子的背面不是镜子
它无法映射
就像一个忧伤的人
转过身，默默地
背弃了整个世界

2021.5

陶罐

朋友的博古架上
一个陶罐被放在一堆瓷器里
瓷器的明亮尖叫，而陶罐喑哑
它只在它鼓胀的肚腹间共鸣

朋友滔滔不绝地炫耀
他的藏品，看到陶罐时
他咳嗽一声，绕了过去
就像他突然遇到一口古井
就像他和古井之间
有一个深不见底的秘密

2021.5

我无法想象的事物

我无法想象
之前的无穷
如何穿越之后的无穷
避开时间的两岸
来到了我

2021.5

我曾去过那样一个夜晚

一盏罩着白翳的台灯
远远躲在旷野的尽头
看我，像一只快瞎的眼睛
而另一只却在黑暗里
张着。它似乎昭告了所有的启示
又似乎隐匿了全部的秘密
但等待的海浪淹没那个夜
夜在一座城市的号角声中
褪色。黎明到来之后，那个夜
混血于别的夜，又被白昼的栅栏
间隔。它出现、消失
像一通拨错的电话
而我在刺眼的失眠中
遗忘了那个号码

2021.5

洞穴

洞穴里其实什么都有
除了眼睛。它以一种平行的方式
支撑阳光，收纳了所有的阴影
我没有忘记置身其间的那种空旷
和幽闭。流水快捷地穿过
似乎想要打通
洞穴的盲肠——那不是没有可能
但在我逃离那片声音的渊薮之前
我只听见一阵
时间的耳鸣

2021.5

甲虫赤裸

树干上有个拳头大小的洞
幽暗，潮湿，还有一些细微的
声响。我猜测里面长年住着一只
赤裸的甲虫，它是同类中
蒙昧的一族，独身，丑陋
苍老，以半黄的枯叶为食
以瞬息为夜，刹那为昼

短促的鸟叫，一声
越过它洞中的亘古
它迟缓地停止咀嚼
长须按住柔软的肚腹
聆听是一片铜制的耳朵

就这样，它带我抵达了
我从未抵达之处

2021.12

卡夫卡的城堡

在一片纸页的旷野，他砌砖
建一座城堡。困住自己后
他开始等待。想象一个和他一样的人
如何从城外进来，与他汇合
为此，他设计了所有的障碍
并让那个试图进入者
在每一道障碍前被碰得粉碎
肉身和激情从未停歇
粉碎的仅仅是每一次试图进入的愿望

游戏无限循环，最后就连墙砖
都感到了厌倦。它们顺着书房的屋基
悄悄坍塌，让试图进入者葬身瓦砾
而把毫不知情的卡夫卡
永远留在了那片
等待的悬崖上

2021.5

南方少年

南方少年湿漉漉的
沉默，眼睛恨来恨去
风来的时候，长发凌乱
像语无伦次的哑语

大白天他看见一条狭巷
牙龈酸痒。蝮蛇
从沙漠的褐里张开它横隔的白
和垂直的锋利
夜晚是一口锅
隔着火焰
煮干了一摊浓稠的毒液

他想象世界小于他
或者等于他
而他只是世界
在他房间里的一个瞳孔

那是一个接一个的夜
白昼在其间像错觉
像越掠的车窗在黑暗里

铺下飞快的石板

南方少年穿着背心
梦见他站在屋顶的烟囱旁
挥动小旗，喊出一长串
震惊世界的遗言。醒来之后
他走出房门
迎向世界的怒气

2021.5

古井

古井还残留在
闹市的隐秘之处
没有干涸
只是水位下降到
人眼不及的地方

苔藓壁立，灰白的贝壳
散落，像几辈子的铭文
仅供参考又颇费思量

我捡起一颗石子
想扔下去
但手刚抬起
又放下

我害怕
有水
溅出来
淹没这座城市

2021.12

事故

一截因下雨路滑
被肇事车辆碰倒的铁栅栏
斜躺在路边，并不影响交通
只是有碍观瞻。栅栏的十二根
铁条里，只有一根还保持原样
其余的深深浅浅地扭曲，固执地
屈服于那场我没有目睹
只是听说的事故。这让我想起
我的一个叔叔，右腿骨折
但拒绝治疗，他半躺在床上
用整整一年时间等它愈合
如今他的右腿躲在他黄褐色的
裤子里，并不有碍观瞻
仅仅在下雨天影响他的心情——
两件事并没有什么必然联系
只是在那之后，每次下雨
我就莫名其妙地担心
担心这世界上各种各样的事情

2021.12

巴黎的一个雨天

巴列霍曾在一首诗中写道
他将死于巴黎的一个雨天
事实证明那是一句谶语
因为他后来真的死于
巴黎的一个雨天

这或许只是一个黑色的巧合
没有任何神秘之处，但我还是
微微有些感慨：一个说了
那么多话的人，不可能不说尽
一个人的全部

2021.12

异类

我收容了一千个
被别人挑剩下的字
它们组成了阴郁的场景
另一些则被我冒犯
嵌入异类之中
尖锐，甚至不惜自残
在纸页上投下犄角的倒影

我成天与它们为伍
像守着一座暴躁的监狱

2021.5

咳嗽

她每隔几分钟就剧烈咳嗽
夜在痉挛，他的梦
因此变得紊乱
你就不能忍一忍吗？他说
这怎么可能忍住？她说

黎明前咳嗽停止了
他继续做梦
梦见屋外的池塘中央
一头牛蛙，因排卵
而抬起身体
气泡黏稠
堆满了天空，孕育
一些坚硬的石头

2021.6

姿势

螳螂蜷曲它巨大的双掌
合十。练习崇拜
或者提前忏悔

黄雀在后，看着螳螂
等待捕杀，或者充满敬畏

捏弹丸的男人瞄准一条直线
睁一只眼，闭一只眼

终点是一只蝉
透明的双翼打湿露珠
在一句阴险的成语里
置身事外

2021.6

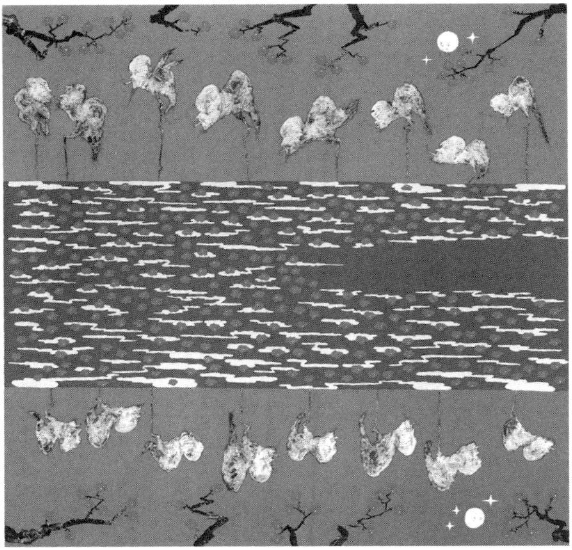

董重作品 / 《倒影》 / 布上油彩丙烯 / 150×150cm / 2008

董重作品 /《花姿 NO.1》/ 布上油彩炳烯 / 200×200cm / 2007

夜的眼

一口深井晃动天空
银鱼们争抢
月光的碎屑
几头秃鹫，披着修女的婚纱
降落。巨大的羽翼
阻挡着风

男人还在挣扎

曾触及过他的蛇
已经远去。夜的眼
没有睫毛和眼皮
无法拒绝它看到的任何东西

时间的毒液沸腾
顺着那些无限纵横的枝丫
它们奔涌
向着血的泉源
男人的肤色
冷却，最终和夜
一起，完成了
沙漠的单调

2021.6

博尔赫斯的镜子

两面相对的镜子
印证虚无
只有当一面破碎
另一面才能真实
但它们无法接近
只能继续繁衍
虚无

一个掩饰不住体味的男人
眼盲，拿手杖
沿着时间的河道
摸索着经过
想与他无穷多的影子
汇合

他在镜前倾听
叩击，如同敲门
出来吧，他说
或者让我进去

他听见了叩击声
并且得到回答：

进来吧，或者让我出去

他知道
如果他穿过镜子，或者
从镜中出来
他就能复活于现世
或者死于永生

2021.6

复仇

带刀的男人
最后一次出现
黄昏的路灯，因此
提前点亮

他喂养时间
他的影子喂养光
时间始终饥饿
而他的影子
舔食地面
吸吮、拉长
先他一步
漫过了池塘

刀出鞘前
他跪在草地上
一直到天亮

太阳出来
杀死他的影子
把他留在
这光秃秃的人世

2021.6

四季

春天洞悉
所有的秘密
它让费解之物
开花

夜的皮肤
在水面反光
蚊蚋们
死于
这冷的明亮

凌晨开始有霜
卵石呼吸
发黄的语言
渐渐逼近
那唯一的真相

雪的纸页，平躺
等待着一群
咒语的乌鸦

2021.6

秋天

树木挤干它们的水分
准备燃烧
一棵巨大的白杨
慢慢向着地面
倾倒。像一双沉稳的手
拉开弓弦，瞄准
然后松开

唿哨吹响空气，箭镞
自它折断的灵魂中
射出，命中了秋天

2021.6

城市的雨

我道听途说，获悉
昨晚下了一场雨
但走在早晨的街上
却看不到一点痕迹

我猜测，要么是雨小了
要么是压根就没下
但我听到一些传言
它们随城市的体液
流淌，汇集在低凹处
又漫出盛装它们的容器
比如一个想跳河的女人
中饭前，突然穿着干爽的衣服
出现在了家里
而另一个疾走如风的男人
四处打探，那些曾经建造
又被损毁的庙宇

我不想知道
更多的例证
也不想去核实

是否真的
有过那么一场雨

我只想回家，关上门
在即将被遗忘的
某年某月的某一天
像一盆被雨浇熄的火
得到一堆灰烬

2021.6

旅行

我在自己家里
背着一个旅行包
四处游走。我猜测
真实的千山万水
可能还小于
我的厨房

但人心多么大
多么想当然
地图可以折叠
揣进衬衣左边的口袋
甚至被投射到
虚幻的、巴掌大的屏幕上

这就是为什么，每次
只要我雄心万丈
我就拒绝出门
只想站在，我的
两脚之间，同时开始
同时抵达

2021.6

我偶尔想

我偶尔想
把我的衣服
穿在别人身上
看衣服
漂不漂亮

我偶尔想
把我的诗
署上仇人的名字
看别人怎么
诅咒他

我偶尔想
把我的世界
像球那样
踢向一堵
南面的墙
看它如何
原封不动
把我的世界
弹回来

2021.6

你的和我的

我在你的眼睛里
看到一个人的样子
但那不是我

我在你的衣服里
看到一个人的形状
但那不是你

我在天空的镜子里
看到世界的映象
但那不是我的世界

我在你的梦里
做你曾做过的梦

一只真实的水鸟
在我们交替瞄准的
瞳孔中
死于一场
倏忽而至的黎明

2021.6

野营的篝火旁

野营的篝火旁，有人在讲一个长长的故事
一个弥天大谎，一个设计者和叙述人都深陷其中的迷局
听众也不例外，他们依次沉浸其中而无法自拔
除了故事之外，他们还听见了风声、雨声、读书声
以及书中描述的其他声响：风声、雨声、读书声……

天亮之后，广大而惨淡的天光替代了篝火
人们发现说故事的人早已猝死在故事的开头
无人奇怪是谁接着死者讲了大半个晚上
他们仿佛知道，虽然死者的时间停在凌晨两点
但别的手表还在走，像一个醉酒的人
绕着圈子，从一扇门出去，又来到同一扇门的背后

2021.12

世界上的诗

世界上的诗
远远多过
写下它们的诗人
就像树枝上的水果
如果无人采摘
它们就悄悄坠落
化为泥尘，随水雾上升
藏身于海洋
呛死那些
溺水的诗人

2021.6

抽烟的男人

傍晚，声音以蛙跳的方式
鸣响。节奏的雨
敲打池塘
男人坐在石头上
只有一只眼睛，侧着头
看涟漪扩散
像神经，错乱而又均匀

他想抽根烟
同时思考一下他的痛苦
却发现不知什么时候
他弄丢了他的火机
他不知道他的痛苦
会不会因此
变得更为深重

风声消停
他又听见了远处
他的女人的号哭
比风更细弱，也更持久

他站起来
把口袋里的香烟
换到另一边的口袋
决定回家去
找一只火机
抽烟，然后
陪他的女人
一起哭

离开那个棱角锋利的
刺痛他屁股的石头之前
他朝着自己的头顶
捶了一拳，看见一些
零散的火星。一股淡淡的
甜腥味，留在嘴里
久久不去。他深深吸了一口
重新坐下来，又吸了一口

2021.6

国王的姿势

我以头为足，站立
背负整个世界的
重量，尖锐地
挤压大地
像要榨出它的汁

大地喘息，它的心脏
跳动，在我空洞的胸中

大地摇动我像摇动旗杆
召唤所有的血，倒灌
回到它们的山谷
不让人类干渴

2021.6

注：“国王的姿势”为瑜伽中的头倒立体式

发烧

村庄的废墟之间
蛛网展开它们的漏洞

比人更寂寞的
是池塘，谁靠近它
谁就被阴暗地模仿

仅有的几个老人
嘴里插着烟杆
沉默，溅出火星
又微不足道地
化为灰烬

隔着十个朝代
一个红衣女子的诅咒
传来，在耳闻与目睹之间
摇曳如一根灯草

那个在正午的树巅上
曾经明晃晃的东西
如今躺在池塘里
因为发烧而死得冰凉

2021.6

车轮的中心

时间诞生出所有的事物
之后，就由不得时间了
之后，时间只能在事物之后
描摹事物
从事物的顶端开始
朝向它们的根部，像水
沉默地靠近一个洞
像一列火车，在深夜
驰过我们的城镇

而时间之轴
在每个车轮的
中心，原地打滑

2021.6

车祸现场

一个哑巴，站在我身边
安静得让我的耳朵
嗡嗡作响。没有别人
只有我们。我们同在
一个血污的车祸现场

他拧住我的胳膊，用力
仿佛他要伸进我的身体
去掏我的心脏

疼痛在我胸腔
爆炸，升起黑的烟花
在马路的皮肉上，撕开
露出车轮下
那巨大而殷红的伤口

救护车离开之后
他也离开了
看着他一边高一边低的肩膀
我恍然明白，他生为哑巴
发育到沧桑

就是为了和我一起
在那个荒芜的下午
看着彼此，却不发出尖叫

2021.6

节奏的钟摆

节奏的钟摆，偶尔
撞击我，让我的
胸腔共鸣，同时带给我
速度的风，让那些冥顽不化的
卵石一样的语词，在一瞬间
受孕。当整个季节
等待，只有一片树叶疼痛
飘下来，被时间之手捧住

诗意的魂灵因苍老
而离开，语词留下它们的
遗骸。沙漠的黄和卵石的坚硬
当整个季节等待
枯槁的河床蒸发殆尽
临终之前，以湿润的嘴唇
命名了每一滴雨

2021.6

一双手

时间总是伺机而动
在所有事物上
像水银那样滚动
和剧毒

而一双手，始终抚慰我
解开风的死结
挡住一束光
不让我的身体
在墙上
投下阴影

当我因为感激，想去
吻那双手，它们突然枯萎
长出茂盛的指甲
抓挠大地

像要挖一个坑
埋葬那些
诞生我
和因我而诞生的
无名之物

2021.6

健忘

多么悲伤的一件事。我想
随即就忘了那是什么事
多么漂亮的一个姑娘。我想
随即就忘了她的名字
我是多么健忘的一个人。我想
随即，我就想起了所有的人
和所有的事。我每天就这样
反复无常。直到某个晚上
我调好闹钟，却在第二天忘了
它为什么响。于是闹钟
就这么一直响着，成为世界的
背景，我的时间之桨，驱赶我
去寻找属于我又被我所遗忘的
我那生活着却不自知的生活

2021.6

地铁车厢

早晨的地铁车厢
数百个半醒的世界
拥挤。坐着，或是站着
每个人都流浪在
自己心里。有人看手机
有人对视，但不用眼神

城市足够大，足够容纳
这么多平行的
秘密，它们被两条
围绕和切割城市的
蜘蛛的细腿
背负，沿途收拾
又沿途抛洒

一列抵达终点的地铁
缺氧，闷热
像一个晚年失败者
空空如也的内心

2021.7

庄周

庄周深信
他是山川河流间的
一根草
与自然同体
承受时间
应许他羽化前的
生命

他知道这个秘密
也说出了这个秘密

但饥饿和冷
与大道无关
而独属于他
独属于那些
他一个人的
冬天和夜晚

想到这里
他悄悄
叹了口气

2021.7

标本

缓慢追上了迅疾
石头的眼睛
裂开，滴出钟乳
像刀，像剑
伸进池塘，让它永远
无法入睡。莲花的盛开
在水面，但那不是结果
而是原因，结果是它的根茎
真正的圣洁向往污秽
就像伤口里的盐
疼痛，收紧
腌制一种，可以观赏
也可以品尝的标本

2021.7

我每天都在喂养我的空洞

我每天都在喂养
我的空洞。它漆黑的泡沫
泛起，打着旋涡
永远饥馑，永远
死不瞑目

它囚禁我在一片
空白之上，命令我创造

但凡经我创造的
都因它的拒绝而消弭
它只等待吞食
我将要创造
而又尚未创造的
无名之物

我无法停止这徒劳的
喂养，因为我就是那空洞

2021.7

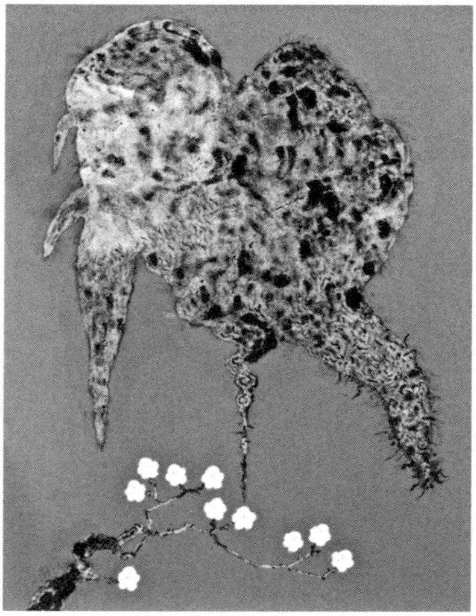

董重作品《独居 NO.1》

而死者，渗出油脂

让时间的沼泽黏稠

小街上的醉鬼

他在半夜的街道上走
像在被污染的河里漂流

他哼着歌，偶尔冒一句
咕哝，秘密地一笑
靠在一户人家的
砖墙上，睡着了

时间罕见地应许
他这短暂的滞留

于是我听见
这人世的
高跟鞋，先他几步
抵达了一声鸡鸣

2021.7

半夜烧烤

夜市的烧烤摊旁
一个男人在打一个女人
声音沉闷，像木棍打在
沙发的弹簧上

几分钟后，女人跑开了
留下那个男人，独自站在
马路中央，像一块排骨
被四面八方的
目光的炭火
熏烤

你不是个男人
女人的声音从一个
远远的角落传来
像透过一面有缝的墙

你也不是个女人
男人呜咽起来
你不应该把我
一个人

留在这个地方

我和几个朋友
一面看，一面喝啤酒
透过熄灭的泡沫
我闻到一股
皮肉焦糊的味道

2021.7

石雕的鸟

一小片鸟屎
溅在我的头顶
而鸟儿隐匿
在树的浓荫里
犹如诗意蒸发
留下一行
声音的符号

如此，我将模仿
一只石雕的鸟，夹着
翅膀，留在地上

2021.7

生锈的铁轨

没有什么比两条生锈的
铁轨，更能代表远方
直到未知

凡是踩着那些枕木
走过去的人，据我所知
都没有再回来。回来的
只有自相矛盾的传闻
而那些传闻，跟着最新一批
离开的人，再次出发
这次，就连传闻
也不再回来

我曾设想，铁轨的尽头
会不会是时间的
坟场。我们是不是应该
感谢，或者庆幸
没有任何消息，回来
打扰或者证实
我们对那尽头的恐惧

2021.7

露天电影

记得小时候
看过一场露天电影
放到一半，胶片烧了
银幕上那些原本
已经是影子的人
又成了灰烬

羊肠小道上，散落
那些咂着嘴巴
遗憾的人。其中一个
给另一个说
倒不如看场话剧
如果失火
至少，我还能听见
一个真人的
惨叫

2021.7

一只小鸟

我醒在我的梦中
我专心致志地
睡觉。一只小鸟
飞掠，困于梦的
围墙，天亮前
它穿过两眼之间的喙
戳破了一个
幽暗的气泡

我睁开眼睛
困于一只鸟的梦

2021.7

字距与行距之间

我尽力避免
不被语词
击中，否则
我会痛得尖叫
伤口也永不会
愈合。为此
我总是躲在
语词的字距
与行距之间
听它们无声地
描述，阳光如何暴烈
与万物的阴影
对峙；燃烧如何
始于水，又以灰烬结束
一只鸟儿
如何在一片刀锋上
起飞，从此无法降落
而死者，渗出油脂
让时间的沼泽黏稠

2021.7

他们

他们之间
有一个秘密
但他们从不说出

他们也知道
彼此，知道这个秘密
但他们从不说出

秘密挡在他们之间
脆弱地扩散
像母体中，那些
因为没有找到伴侣
而浪费掉的虫卵

2021.7

礼拜二午睡时刻

一个瘦小女人的脸
尖峭，刻薄
目露凶光

她满嘴的污言秽语
像鞭子，抽打空气
甚至吓住了一只
因饥渴，变得
烦躁不安的狗

没人知道她在
骂谁，狭巷里
到处都是
欢乐，或是
鄙夷的面孔

而我，站在远处
被她脸上那种
罕见的
真情实感
深深折服

2021.7

吉他

一把缺了第六弦的吉他
没有低音，无法捕捉
那些零碎而晶莹的
羽毛，把它们拽回地上

它肚腹的鼓只有清脆
没有回响。而沉闷的雷声
提醒一种久远的遗忘
当大地发出低鸣
像被闪电的刃
割破的喉咙

2021.7

贝司

在耳膜的
黄色草原上
那些均匀地
间隔着的
石块中间
贝司看顾着
音符，像一只灰黑色的
狼，低沉地嘶吼
看顾一群
不安的羊

2021.7

保罗·策兰

我知道
我是我的
死亡的奴隶

我被驱赶、鞭打和
囚禁。但不被允许
哭泣。疼痛的盐
让樱桃流血
让夜晚，在发蓝的
月光下，粗砺地
腌制我

沉默的声音凝固
结成核，塞在我的
喉咙里，像另一颗心脏
在唇和舌的后面
跳动

于是有生之年
我的结痂的诗句
盛开。当坚硬的石头
裂开它峡谷般的伤口

2021.7

一个声音

我从十张嘴里
说出同一句话
但无人听见

我在五个人耳里
听见同一句话
但我不相信

而你眼睛的舌头抵舔
而你喉咙的耳膜震动
一个声音穿越冰河
来到我心中

2021.7

你的一瞬

你是从天而降的
冰雹，击打我的尘埃

你从岩石的
泉眼里，流出火焰

你模仿黄昏时
最后一声鸟鸣
让一头夜枭
睁开眼睛

麦田为你长出穗子
月光为你发白

你让我所有的时间聚集
穿过你眼前的一瞬

2021.7

花园

有人还记得你
站在花园的入口
另一个人
站在出口
你们凭借那些
绿色的汁液
和一只鸟的啼叫
预感到时间
也许会
无穷尽地绵长

雨水滞留其中
因恋恋不舍
变得黏稠

而我来到这里
只看见人间烟火的
缝隙处
一朵淡色的小花
长在种子之外
像一束火苗

为一片我不知道
来龙去脉的荒芜
保持一种
秘密而脆弱的忠诚

2021.7

献祭

当语词
连缀成诗
语词就成为
一个人的献祭

而造物理解
这一切
他赤身裸体
在死亡的山谷
逡巡，挑选石头

他摒弃那些
死而复活者
将长眠不醒的
人的凝视
用来雕刻
一个局部的永恒

2021.7

临界点

航船的桅杆
折断，巨大的帆
第一次俯身于
那摇晃它的深渊

海的掌心，挤压
死者的魂灵，不让它们
出窍，长出水藻的蓝

贝壳以岩石的
苍老，吐出珍珠
被时间短暂的使者
索取

你赤脚
站在沙滩上
无话可说又一腔浩叹
犹如头顶那空洞
而又缀满星星的苍穹

2021.7

阿歪寨尚未到来的一个晚上

据说，前天晚上
寨子里的一个老人
“百年了”。人们将持续一周
为他操办隆重的丧事

同行的朋友是个诗人
他告诉我
唢呐的喧闹直到半夜
像几根长长的刺
不断扎着夜的气泡
为此，他通宵没有睡好
但昨天我去了
另一个城市
做了一些无拘无束的梦

而此刻，我回到寨子里我的房间
从两面白色的窗帘之间
拍下一张照片，想象着
那尚未到来的夜晚
想象我的一次普通的睡眠
会不会被一次

寻常的离开
惊扰

2021.7

蚊子

我是一只蚊子
我在一个宽阔的
房间里，发现了我
多么盛大的一餐
我向我扑来
我撸起衣袖，把我的嘴
的根茎，深扎进我的皮肉
我的疼痛就是我的餍足
我俯身于一根刺的尖顶
我闭上眼睛，我自我超度

蚊子吃饱之后，飞走了
在我的胳膊上，留下一个
正在隆起的包，像一方
坟墓。我怀念
那个奇妙的瞬间
我希望每个夏天
都有一只蚊子
取走一滴
我的沉重的血
将一个肉身的象征
带入一片虚空

2021.7

红蜻蜓

水面上
飞翔着红蜻蜓
这妖异的雄性
它睫毛般地
眨动双翅
浑然不觉
四周屏息
注视着它的
绿的雌性

2021.7

迟缓的河水

河水迟缓地流过
白骨般的两岸
仿佛想要凝视而不能
它从荒芜流向繁茂
从喧嚣流向静寂
死亡在它身后立起来
像一面鼓足风的大旗
展开，遮掩那些死者的目光
而生者赤裸，坐在独木舟上
他们用毛巾蒙住双眼
在黏稠的黑暗里
顺流而下，以双手为桨
守护着胸口间
那一束狂热而微弱的火苗

2021.7

当我说话

当我说话
没人明白我在说什么
当我沉默
我听见我的声音

它不是语言
而是语言的母体
先于我
后于我的死亡

它在我心里
腐败，发酵，变质
产生出另一种东西
犹如石头里的水
水里的光亮

我等待被它命名
被它驱逐或者接纳
与它成为同一个物体

当我死时
我将由它埋葬

2021.7

重金属之夜

在鼓与钹的重击之间
在吉他无情追逐的鞭打之下
献祭的灵魂精疲力尽
而贝司藏身狂乱之外
专心地堆砌它厚实的围墙

弹孔般的眼睛聚焦
这另一个空间的狩猎
我捂住我的耳朵
像护着一对伤残的翅膀

在那狂暴旋涡的中心
我突然渴望回到
那属于我的死寂
它只有针尖那么大
刚好容得下
我全部的恐惧和欲望

2021.7

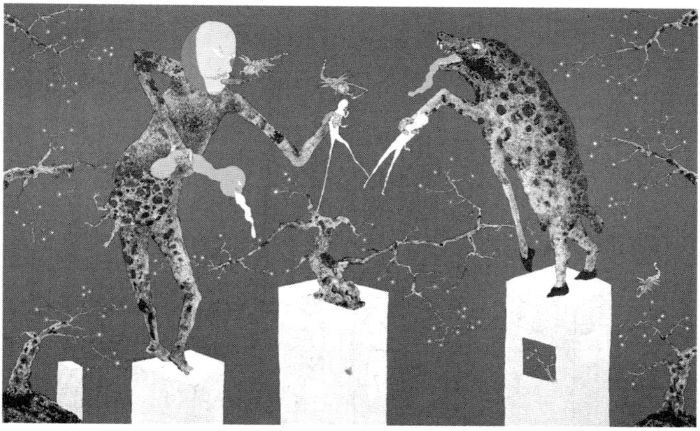

董重作品 /《对峙》/150×240cm/ 面油彩丙烯 /2007

董重作品 /《谜花 NO.4》/150×200cm/ 布面油彩炳烯 /2011

左手边的黄河

凌晨两点
火车驰过兰州的边缘
广播里说，黄河
就在我的左手边
但窗外一片漆黑
我什么也看不见

车厢里的人都很激动
他们在玻璃上
压扁了自己的脸
一排一排的后脑勺
对着我，没有表情
我对着空荡荡的过道
没有表情。后来
我枕着两条清脆的铁轨
像枕着黄河迟缓的波涛
睡着了。就这样
因为错过了伟大的黄河
我记住了那个面无表情的夜晚

2021.7

黄昏的阳光

一对时髦的年轻男女
对坐，隔着一张木桌
他们啜苦涩的咖啡
说甜蜜的情话
拿铁的牛奶泡沫
堆积、黏稠
但不破灭

女的先累了，看桌布
男的也累了，看天花板
但时间还早，他们之间
开始出现尴尬的沉默
和勉强的笑

一道黄昏的阳光
斜斜地爬到他们脚下
像一个残疾的老头
端着金碗，乞讨

2021.7

我摸我身上的骨头

我摸我身上的骨头
发现它们有一种确切的形状
不像附着其上的我的皮肉
那样模棱两可。我有点困惑
又有点害怕，我不敢肯定
哪一个才是我的真相
从此，我说话时
一方面言之凿凿
一方面语焉不详

2021.7

一次童年记忆的心理学考据

一个白胡子乞丐
将一根燃烧的火柴
含在嘴里，空其口腔
闭其双唇，直到他嘴里的
空气，被烧尽，吐出一口
若有若无的青烟

他旁若无人，乐此不疲
而我站在一旁，足足看他
烧完了十根火柴。当天半夜
我的上腭，冒出一颗灼热的
种子似的水泡。它隔一天饱满
隔一天萎靡。我始终坚信
我心里某些疼痛的部分
就是从那颗种子里
长出来的。它们像一些
风吹雨打的花瓣，散落一地

2021.7

夜半的雪粒

雪粒从远处
撒过来，像一队士兵
趁着夜色悄悄穿越城市
来了就来了，过了就过了
它们落地即化，几乎没有留下
一点痕迹。而我因为失眠
在夜深人静的窗口
目睹了整个过程，之后
我就睡着了。那些短命的
雪粒，不知道，我也不知道
它们浇灭了什么，让我睡得
那样深，那样沉，像一堆灰烬

2021.7

松子的游戏

我和松子在小区的一角
反复玩着一个游戏：
他走到灌木丛的边沿
假装发现一个凶恶的怪兽
正隐蔽地，向他靠近
于是在我佯装的惊呼
和鼓励下，他迈动根须般的细腿
拼命跑回我的身边，大大地
喘了口气

他玩得那样投入，脸色煞白
我能感觉到真正的恐惧和刺激
玻璃一样，罩着他，隔离了
我和他的世界。那天，黄昏晦暗
他在奔逃的过程中
丢失了手中的果冻
一种半透明的
绿色而黏稠的液体
我表达了我的惋惜
他却无比欣慰
舅舅，他说，幸好

怪兽只顾吃果冻，忘记了追我

看着他豆芽似的站在我面前
我突然心有余悸。我这一路丢了
多少东西，才能活到这般年纪

2021.7

我曾梦见我在夜间飞行

我曾梦见我在夜间飞行
翼龙一样枯槁、巨大、单薄
带着一种憎恶和永诀的心情
巡视身下的田野、近郊和城市

我的羽翼渐渐变成蛛网，风
被肢解，从其中穿过。黎明前
我降落在一座从未被丈量过的
坟墓上，四周只有永不停歇的
相互繁衍的回声。坟墓里葬着
那些时间的花朵。我给它们带来
另一个世界的怜悯和诅咒
然后寻找一处缝隙，躺下来
和它们一起安歇。我爱它们
那种已经浑然不觉的空无

2021.7

溃疡

溃疡长在舌头左侧
像一个顽固的碉堡，持续不断地
提醒你关于咀嚼、吞咽的
各种事项。比牙柔软
比舌头坚硬。你不能说它是
一个异物，嵌在你的生活里
它就是你的一部分。提醒你
不要睡得过于深沉
吃得不要过于狼吞虎咽
不要若无其事地走在
阳光下，不要过于伶牙俐齿
免得说出来的话收不回去

就像有人相信未来
有人相信死亡
我相信一颗米粒般的溃疡
那是你对自己微不足道的一次
背叛。一个实心的、疼痛的罐子
装着人世间大大小小的悲剧

2021.7

蝴蝶

一朵花的鲜艳里
蝴蝶剥离出自己
对称，但不规则
精灵般的忽闪
整个夏天的
只言片语

它死去
再无本质
可以剥离

2021.7

有个黄昏没有来由

有个黄昏没有来由
降临，唤醒那些原本醒着的
如白昼，催眠那些原本沉睡的
如池塘里的夜。汗水湿涔涔地
爬上草叶，眺望。在蒸发之前
它们必须先成为露，否则
只能以盐的方式，和碱一道
杀死所有的土地。黎明前
一个盲人眼里的光的幻影
燃烧，熊熊如一堆火
他坐在火堆边，专心地
烘烤，他赤裸的衣服

2021.7

时间的风

像一粒漂移的种子
你把脸埋进时间的风
草木摇曳，阴影与光亮
此起彼伏。短暂的永恒
呈现在每一片树叶上
此起彼伏。我知道你在
每一种事物里，知道你离开之后
还会回来，又离开，此起彼伏

每一次，我都倒在
去往你的途中
我的生死，此起彼伏

2021.7

蝴蝶与公交车

一辆烧毁的公交车
停在路边。短短一小时
杂草已经丛生
一具史前动物的尸骸
颓败，同时保有
某种了无生气的庄严
扭曲的、没有玻璃的窗框
固执地回忆着
火的形状

一只蝴蝶
穿越围观的人群
飞进去，停在一根
熏黑的，金属的
扶杆上，像一个费解
但是难以释怀的隐喻

2021.7

闹钟

凌晨时分，我的闹钟
死于一场金属的心肌梗塞
也许有过紊乱的挣扎和呼救
留下过遗言

这一次，它没有提醒我
我也懵懂不觉
我们把彼此
留在了
夜的另一头

在去买一个新的闹钟之前
我假装不知道
还有别的时钟在走
在心脏般地计数

我用整整一个
不知年月的上午
想象我的梦境
如何在黎明到来之前
穿越了那个
混沌的、虫卵般的空洞

2021.7

有个下午

晚饭前
一条狗跟另一条狗
匆匆道别
它们已经和
一个肮脏的篮球
玩了一下午
而我坐在矮凳上
看了一下午

两条狗消失在不同的
两条巷道的尽头
它们累了，我也累了
而那个惊魂未定的篮球
借着风，悄悄躲进了
墙边的草丛

我继续坐在原地
向那空空如也的操场
宣示着某种逃离
可以一动不动

2021.7

草场上的男人

他说，活着
可能只是一种习惯
一种很不好的习惯
说这话的时候
他的头发在草场上
不停飘动，像在他的脸的
另一侧，躲着一只
想成为乌鸦的白鸽

他用手在自己的头顶
抓了一把。活着
他说，你就得抓住点什么
你觉得我抓住了什么？
什么也没有抓住。我说
你错了，我抓住了风

一只细腰的长脚蚊
这时，飞过来
叮住他滚动的喉结
就像有人把针
第二次，扎进他
刚结痂的伤口

2021.7

南风

风从南方吹过来
三十倍的、六十倍的
花粉，撒播
那埋葬的泥土
吐出岩石，像猛兽吐出骸骨
你借蜂群扇动翅膀
搅乱天空，让云朵撕裂
任意组成所有的事物

我在这事物当中
具体而微，以至于无
你站在我的背后
替代南风
让我在一片沙的
平坦的梦里，三十次地
六十次地，尝试着
在灰烬里
看到我的面孔

2021.7

金子般的灰

你的表情在云朵之间
夸张而凌乱
你的灵魂装满相互克制的咒语
一星唾沫就能让它流溢
你的名字刻在一个疯癫人的
心上，油漆脱落
几朵永不凋谢的塑料花
长年为你献祭
你的时间有一个浑圆的表面
来回滚动，为这无穷尽的世代
镀上一层厚厚的
金子般的灰

2021.7

裸睡

他在双人床上裸睡
他用被子蒙住头
他想象他穿着一身光溜溜的
海豚的皮，但他想象不出海水
想象不出如何穿越一股
宽广的洋流，去到另一片水域
黑暗中他把两只眼珠尽力靠拢
打算分离出并列的两个空间
或者两个世界。这次他成功了
但只成功了不到三秒钟
他的右肘枕着他的头
他的左腿伸直而右腿弯曲
他迷迷糊糊地认为，这个姿势
像一招天下无敌的、神授的武功
睡着之后，他梦见一个瞎眼之人
在人群散尽的集市上
钻进了一条没有舌头挡道的
深不见底的喉咙

2021.7

一种逃亡

灯光熄灭的瞬间
无数混浊的形象
奔涌，像一堵墙
无穷尽地凸起
它的隧道

我曾设想过一种
逃亡，就在那隧道中
站着不动
深深地进入

2021.7

苗条女人

他站在楼顶
看半个城市的万家灯火
想从中找出一扇
与众不同的窗口
敞开，能看进去
看到男人、女人、孩子和
一组半旧的沙发
看到窗框和门上的油漆
每周剥落小小的一片
厨房漏雨的天花板上
吊着一颗
犹犹豫豫的水珠

一个身材苗条的女人
坐在餐桌前
一面看他的背影
一面用一个透明的
玻璃杯，擦拭一块
肮脏的抹布

2021.7

一千零一夜

时间抵达闹铃之前
他们待在各自的梦里

身高不变，但年纪和容貌
略有不同。她在她的梦里
曾历经三十二种悲伤
穿遍了整座城市
所有的新衣服
而他在梦里如果遇上雨
就淋着，从不打伞
并且确信，雨水
不会打湿她赤裸的脚
和印在他们床单上的
骆驼图案

他们偶尔失眠
好在总是分别失眠
只有失眠的时候
他们才惊诧于自身的晦涩
在眼皮底下瞪大眼睛

就这样，他们过了
一千零一夜，以至于
她在她的梦里
长出了胡须。而他
一只白化的乌鸦
每夜以决死的速度
俯冲，无限地接近
封冻的雪地上
那淡漠的
他自己的影子

2021.7

我躺在一个斜坡上

我用咸去要求
一粒水果糖
用苦去要求一罐盐
用勺子度量海水
用混沌勾勒轮廓
用活着体验死亡
用雨水煮沸火

我躺在
一个斜坡上
深渊用它的刺
抵住我
不让我滑落

2021.7

野营

我在延伸出去的悬崖边
站了一会，因为无聊
我趴在地上，伸出舌头
摹仿一只远古的蜥蜴
仰起脖子，看月亮

我的确听见了一些
蛮荒的风声，它们在野象的
蛀牙里，在卵石的身下
在一只蟋蟀化石的
触须间，回响

这样玩了十分钟
我还是觉得无聊
这样的情景，我想
月亮见得多了
但如果看到这一幕的
是我的同伴，那又怎么样?

我回头去看，我们那顶
蓝色的小帐篷，它在月光下

纹丝不动，看不到一点
有人出来过的迹象

2021.8

黄昏

我坐在平原的
一个任意点上
看夕阳
它因积累了
过多的
我的目光
而变得深红

夜在远处
静候着

是的
不用着急
这平原和我
很快
就会一起
冷却下来

2021.8

你以我的名义

午夜的屋檐下
你以我的名义
敲击一扇
陌生的窗户

你的指节发白
你报讯的喉咙
被切开，没有声音
只流淌狭长的夜

此时我正梦见阳光
梦见一个无人的声音
斥责你。而你
把头埋进沙堆
熟睡，充耳不闻

因你的敲击
和我嘴里的
斥责，我先你一步
从窗户的后面惊醒

2021.8

领受

我领受
我独有的那份
黑暗
它坚如磐石
我每走一步
都只能拖着它
在土地上
犁出深深的沟
就这样
我朝向那盛开的虚无
当我敬畏于
它永无餍足的空洞
我想给它至少一种颜色
和我肉身的沉重

2021.8

董重作品《谜一号》

我的石化的眼泪

星星一般

嵌在你盲瞳的

左眼里

我的心脏

我的心脏
被一枚别针
挂在我的右胸上
是的，所以它不仅
胀大和收缩
还像钟摆那样
左右碰撞
它激起
那么多
血的浪花
让我以为
整个世界
都在我的
身体里
回响

2021.8

一般情况下

一般情况下
黄昏之后我就不再言语
只是透过窗户
看那些夏天里疯长的草木
它们没有肠胃，没有肚腹
它们就是它们的起始和终止
而我多么敬畏
这些从大地的腐败和糜烂中
长出来的似乎在呼救的
笔直的手。它们的根须
那无限分岔的盲眼的光线
在地底抓挠，像要为它们的窒息
开一扇窗。一般情况下
天黑之后我将不再言语
因为我认为我没有记住窗外
任何可以遗忘的景物

2021.8

我打开你

我打开你
读你身上的痣
它们居于图画与符号之间
它们掌控着某片
没有边界的国土
深与浅有时渐变
有时突兀
你的呼吸迎来送往
犹如四季
将杂草
连根除去
野火的眼
投向你身体的背面
而我在背面读你的痣
我们都读到了我们的
眼睛。蚊子涌出其中
分散在我们的
身体上，吸吮
像一种切肤的亲昵

2021.8

架上画家

颜料被依次挤在
调色板上，近视
但不戴眼镜的画家
看着这有限的物质
沉思，构成一组
关于渺小的
造物的装置

时间凝固在
画布粗粝的空白里

一只蜜蜂飞进来
掉进一堆钴蓝
它黏稠地翻滚
从这头，到那头
最终历遍了
所有的颜色

几分钟之后
蜜蜂因窒息
死于一幅

尚未想象出来的
某种印象主义式的
风景

2021.8

车来车往的梦

凌晨四点
我从车来车往的梦里
惊醒于一声尖利的急刹
混沌被剖开，清者靠左
纸壳一样厚实的
眼皮外的世界
浊者在右，化为越来越淡的
焦糊的青烟

我不知道
我该如何接纳
黎明到来的刹那
我余生的全部起始
我过往的漫长的结束
如一截迟缓的橡皮
被我无知的什么东西
从两端拉长
却不断裂

我躺在软榻之上
虚空之下，一身冷汗

我就这样，失去了
我一夜的凭借

2021.8

正襟危坐

对着镜子
我正襟危坐
我厉声呵斥
提出一长串质问
每个质问
都指向只有我和我
知道的秘密，指向那
没有底部的终极

我自我忏悔，自我训诫
自我放逐，自我回归

身后，一只偶然路过的
鸟，滞留在窗沿上
专心地数着
我说出来的
每一个字
它被我的
脸和后脑勺
遮挡，以至于我
看不见它
用我的眼睛

2021.8

等待

多么阴郁的
一个下午
我在窗前等待
我也不知道
会等来什么
但我确信
我等来的
不外乎就是
我所亲历、眼见
听闻和所能想象的
这尘世的一切
它们如约而至
只是不分时间和场合

2021.9.28

野鸡标本

我们在一间
有野鸡标本的
房子里
聊天

你的脸转向左边
我的脸转向右边

我们聊了很多
从灌木的出生
到火焰的熄灭
还有长久地
保持着体温的
灰烬

黎明前
困倦
开始说话
像咒语破碎的
罐子里的
回声

我醒来
你已经离开
于是我看见了
那只野鸡

它的双眼
让烛光闪烁
它的羽毛
让风摇曳
仿佛活着的
是它
而我们
已经在昨晚
死去

2021.9.28

卖火柴的小女孩

小女孩
有无数的火柴
她也是其中一根
和最后一根

冬天。一个夜晚
她烧光了所有的火柴
为自己取暖。之后
有一个什么东西
为了取暖
也划燃了她

于是，她坐在雪地上
僵硬地燃烧
那看不见的火焰
数着她
覆盖的睫毛

2021.9.28

仙人掌

旷野里
你的刺防御
预先扎破
盾的风

但如今你待在
我的窗前
摹仿太阳的
浑圆，却不升起

我们已经相安无事地
处了好几年
我知道你一直渴望
我的抚摸
而我始终等着
你能唤醒
我的疼痛

时间横切过我们之间
那不到一米的距离
每天。就像一道

我们共有
但从不流血的
伤口

2021.9.28

石化的眼泪

你的嘴唇擦过沙地
寻找干涸的泉眼
你的眼睛被白翳的白
挡住。你的双手
以骨为指，击打虚空
震动，像一面喑哑的鼓

我以你的鼓为心
我以你的沙砾为唇

我撕开你眼中的白翳
看见一粒
我的石化的眼泪
星星一般
嵌在你盲瞳的
左眼里

2021.9.28

一地烟灰

我的书房
总是一地烟灰
它们因我的枯坐
而沉淀
衰败，细碎
像我还不及思考
就已经脱落的
脑细胞

每次，我抹掉它们
以此结束
我荒芜的一天
但翌日
它们又重新繁衍、生长
持续地呈现
那无物可以比拟的
精微的卑贱

而我事先
无数次地划燃
火柴，仿佛想在

它们出现之前
就在虚空里看见

2021.9.28

你对你的心做了什么

你对你的心
做了什么?
它跳得那么慢
像在用拳头
击打
一座监狱的门

它曾经尝试
从喉咙里吐出舌头
从鼻腔里喷出血
它时而弯曲成弓
时而笔直成箭

但每个黎明
你让自己
从一张木床的梦中
醒来
让它沉睡

2021.9.28

我确信，昨天晚上

我确信，昨天晚上
有什么东西
在我熟睡的时候
从我身上过去

我不知道它是走过去的
还是爬过去的
但我嗅到一些零碎的
气息，还滞留原地
像一次不够虔敬的
祈祷中，丛生的杂念

我赤身裸体
蹦跳，试图驱赶它们
离开我，把它们
抛出窗外
或是堆在墙角

于是我听见咒骂，听见哭泣
听见哀告，听见训斥
听见在梦里，我整夜
和自己告别的声音

2021.9

无所事事

我整天无所事事
看一截树干的身躯
在水中的倒影

有时我看得周身
泛起寒颤，如涟漪无限大
无限远，无限扩散又回来
像要以某种慰藉的方式
抹去我的这一天

于是我成为那树干
以涟漪为饵，以寒颤为线
我临渊垂钓，钓那些
因渴望多汁
而浮尸水流的
花瓣

2021.9

草丛后面的墙

草丛的后面
一截斑驳的泥墙
突兀得刺眼

几只蝴蝶越过它
投向一团香味的网
蚱蜢从它短暂的脊背上起跳
双翅微微枯黄

我因此不敢靠近它
更不敢触摸它
我无法断定
作为一堵墙
它算是活着
还是已经死了

我猜测
秘密也许隐藏在
墙的背面
而我走过去
只看见一个
决绝的悬崖

2021.9

缝隙里的光

整个房间
只有这一处缝隙
透进阳光
明亮
但不规则

它从地板上
缓慢地移向
阴沉的墙
似乎想像墙一样
竖起来
同时展开

但太阳移动
它消失了
像一个夭折的
婴儿的眼睛
经过人世的刹那
看了我一眼

2021.9

夜的明亮

我不止一次被自己的咒骂
惊醒。从黑暗的床上坐起来
把手伸向严密的窗帘之间
那一团隐匿的光

为此，我的身体
每一次，都被吞噬那么一丁点
像一束读着书页的
虔敬的火苗

于是我有了灰烬般的文字
方死方生，方生方死
而一只乌鸦
蹲在我无法眼见的
树杈上，雪白的心
飞翔，掠过我紧闭的窗口
无限趋近于
它试图远离的
那夜的明亮

2021.9

危崖之上

他以金鸡独立的
姿势，立于危崖之上
风于是托起他，云
于是笼罩他
他摇摇欲坠而终于不坠
他悲欣交集而终于无法超升
乘瓠渡海的人经过他
被他挡住去路
随火焰上下的人
抚摸他，献祭他以灰烬
在他身后站着的
那些表情残缺的人
避开他的背影
像避开一双眼睛

2021.9

铜镜

男人以俯冲的速度
跑完了一截
上山的陡坡
他要在露水消散之前
把鲜花送给
那个面对铜镜
梳妆的女人

而此刻
女人坐在山顶的
茅屋里，端详古老的自己
她听见男人战鼓般的
脚步，错过她的窗口
看到雨季尚未到来，潮湿
就已经在铜镜上发霉

2021.9

总有某个时候

总有某个时候
我们从我们之中
分离，带着惊讶
或者厌弃。我们俯下身体
相互打量，像打量一口
宝石枯竭又蓄满雨水的
矿井。鳞片闪烁
时间网罗不安的鱼
猝不及防地破碎

我们多么希望
我们彼此入侵，彼此占据
彼此合二为一。但我们注定
只能背靠背，坐着
永无餍足地挥舞皮鞭
轮流抽打
我们各自的心

2021.9

释迦族的觉悟者

你管理那片空无已经很久
不著一字，只向其中吐言
大神咒，大明咒
无上咒，无等等咒
每个音节独自圆满
激起天籁的回声，如鼓在水中
鸣响，如岩石润湿的喉咙歌唱
你以此向世人演示
空无的瓮
那坚如金刚的壳

2021.10

拉钩约定

我朝向自己
看到了我的背
我背对自己
看到了我的五官
我嵌进我自己
又被我挤出身体

落日之后
我们不得不在
街角，拉钩约定
从今而后
我们不再尝试
弥补彼此的残缺
而是一个往东
一个往西
同时出发
去封堵
那让我们分离
又让我们
飘零的
源泉

2021.11

老年痴呆的女人

老年痴呆的女人
靠在冰箱上
听见一群蜜蜂
嗡嗡作响
她哭起来
说她被蜇了

那是电流的声音
儿子说
这里没有蜜蜂

老年痴呆的女人
笑起来
同时竖起了
她红肿的食指

2021.11

唯一和最后的秘密

在那些最难以觊觎的
秘密里，你是最后一个
和唯一的一个

我想找到你，并且跪下去
以我饱满的残缺
朝向你那无法估量的空虚

你可能接纳我，也可能拒绝
我们的对峙所以是永恒的
就像一只大鸟翅膀上的羽毛
越多，就越轻盈

2021.11

时间的焦虑

溺水的男人半蹲在池塘里
浮沉，看上去就像准备飞升
月亮给他镀上银，鱼儿的雁群
在他的两肋间迁徙，他的眼睛
因找不到夜而泛白，他的嘴唇
嗫嚅，因自言自语而无声
有什么在岸边看着他
比时间更焦虑
仿佛在等他
要么真的复活
要么真的死去

2021.11

怀孕的女人

怀孕的女人
独自坐在
潮湿的田埂上
风把碎草
吹进她的头巾
长途班车驰过
扬起狂热的灰
蹦起一些石块

隔着呛人的
乡村公路
她看了我一眼
那么寒怆
又那么悲悯
就像她怀着一个
死婴般的春天

2021.11

栈道

远远看过去，我只能确信
那坐在草坡上的，是一个
像人的东西。但分不清男女
逆光的背景下，它和周围的
景物，具有同样的颜色和质地
深蓝天空下的剪影。纹丝不动
你可以觉得它庄严如佛像
也可以说它渺小如芥草。
后面的同伴催促我：
别停下，跟紧队伍
于是在那条细长而凶险的
栈道上，我只能匆忙地
认为，那是一个永远
扮演着人的石头
和一个暂时
扮演着石头的人

2021.11

纸团

窗户的灯光熄灭
你扔出一个
纸团，朝向夜
有人拾起来
背对你
慢慢展开
一小片空白

2021.11

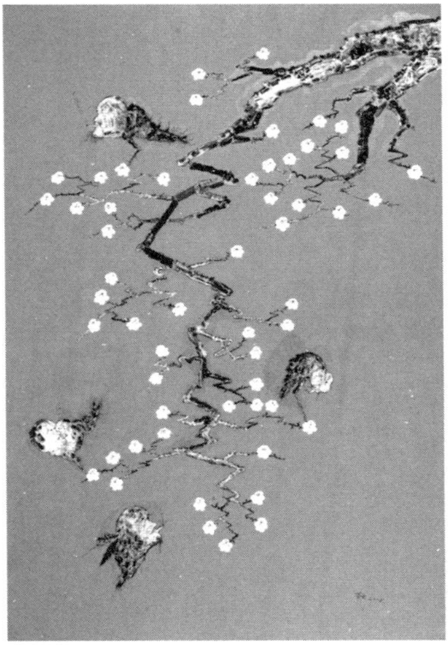

董重作品 / 《白梅图之三》 / 布面炳烯油彩 / 150 × 150cn / 2008

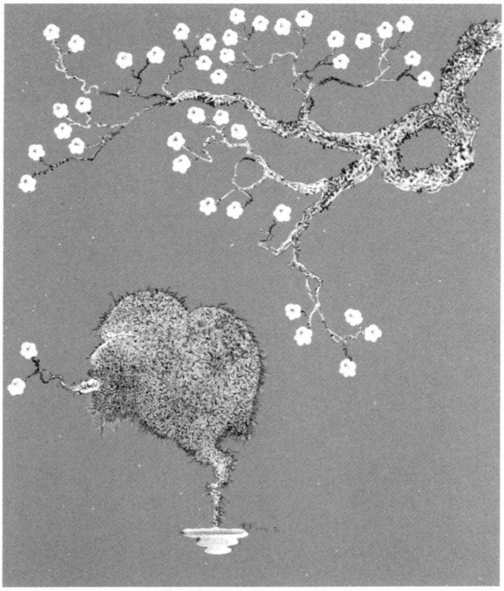

董重作品／《诗人 NO.1》／布面油彩／100 ×120cm ／ 2014

夜谈

舌头浑圆
如一颗卵石
垫在木桌下
让言语的烛油
倾斜
浇灭了烛火

2021.11

渔舟唱晚

他坐在
他的小房间里
从南看到北
从东看到西

他想象房间中央
那盏一百瓦的灯
就是他的心脏
与他身体的
其余部分
无关

他觉得冷，觉得暗淡
有物潜入又有物潜出

黎明前
他锁上门离开
而灯亮着
让他的身体
孤悬，在一座
四面环水的岛上

2021.11

对镜而坐

我曾想象
一扇门
如何不凭借风
和人类的手，就能
敞开或者封闭
一个空间

我想了很久，终于
想象出一扇
没有墙壁支撑的
门，孤立地竖在
一片斜坡的顶端
它的每一面
都可以是正面，也可以
是反面。就像此刻
我对镜而坐，看到了
我的背影，那么沧桑
又那么狡黠

2021.11

离开

你唯一的诗
在无数纸张中
穿过一行。
迅疾，静默无声

树枝被偶然
触碰，掉下一片雪
汇入融化的池塘

2021.11

偶遇

阳光明亮
把书房的一角
照得如同一个
灯光汇聚的舞台
尘埃在其中历历可数

我久久注视着
那些纷繁而狂热的尘埃
想从中看出一个图案
一个字符，甚或一个
意义明确的指令

但它们永恒的纷繁和狂热
只呈现阳光和它们自身

于是我拉上窗帘，谢幕
结束了我庸常生活中
这徒劳的一次虚构

2021.12

整个下午

整个下午我想写一首诗
但整个下午我无话可说
我能感觉有什么东西从外面进来
又有什么东西从里面出去
它们密集而纷繁
像一座城楼的门洞
而我只是注视，只是观望
从对岸看到对岸
从眼睛里看到眼睛

黄昏时周围空空如也
剩下我独自穿过门洞
像一条搁浅的鱼
错过了潮汐

2021.12

所有海洋

有人从远处来
有人到远处去
有人死于年轻
有人重拾妄念
有人因濒死而捧起一堆沙
嗅闻，虔诚得近乎透明
像看到谷粒，从一只
飞鸟的眼眶里
掉落。于是世间万物
有一瞬间
都倾向于他
仿佛他是所有海洋
那唯一的泉眼

2021.12

遗忘

我坐在沙发上
想起我要给某人
说一句话
但我既不记得某人是谁
也不记得那是一句什么话
只知道某人和那句话
都不重要，忘记了
也无甚关系。我略微
有点懊丧，觉得自己
白白地想起了，我要
给某人说一句话
而此刻，落日
偶然地
掠过我的书案
照亮乌黑的砚台
像两个隐喻
让我永远记住了
我的遗忘

2021.12

猫头鹰

在夜里，它只剩下
眼睛和视力
其余的，属于背景
属于人类对这个世界
普遍的难以想象之一

它倾向于斑驳的黑
同时被某种黄褐色的明亮
惊扰。与它对峙的有我
有封冻的白翳之下
一面池塘

整整一个冬天
我们可以慢慢思考
当我们开始觉察到
我们是我们
自身的一种
为难之物

2021.12

黄昏

黄昏时
路旁的一堆灰渣
许多事物的
激情
堆积的
灰烬

当我厌恶地
想要绕过它们的尸体
却分明感到
剩下了一些什么东西
还在里面
悲哀而肃穆地
喘息

2007.11

雾

笼罩一切事物
一切事物
在雾里
隐匿着
某种
就要勃发的
狂怒

2007.11

语言

为某种意图
奉献了全部的
本质之后
语言
取消了自己
像阳光晒干的
曾画下某个图案的
墨汁里的水
不留
一点痕迹

2007.11

死神

死神
从春光里走来
带着佯装的
体贴的
表情
还有狂热的
细菌
她想要亵渎
一个人的尸体
就像一个
无神论者
在白昼
想要亵渎
神灵

2007.11

阴影

废墟间的石柱
在夜里
投下比夜
更黑的
阴影

像黏稠的睫毛
和眼皮

生长睫毛
和眼皮的
眼珠
梦见废墟间的
一棵石柱
在正午的阳光下
闪闪发光
还没有阴影
失去了阴影

2007.11

废墟

文明
冷却的
骨殖

历史
扔在半道的
残渣

时间
不可抑制地
想要坍塌的
激情

2007.11

日晷与河流

日晷
一如既往地
投下每个瞬间
和刹那的阴影

精确地
算计着
整个世界
遗忘了
创造和需要它的
已经消失的文明

一条河
滔滔滚滚的大河
在日晷的身后
不承认时间
不需要时间
同时放纵地
不舍昼夜

2007.11

镜子

一面镜子
梦见自己
照着另一面
镜子

像复眼的世界
完整
同时破碎
但不分裂

2007.11

质问

有个女人
曾经高傲地问我
你绝望过吗?

有个男人
曾经高傲地问我
你孤独过吗?

有个老人
曾经高傲地问我
你沧桑过吗?

有个少年
曾经高傲地问我
你青春过吗?

有个影子
曾经高傲地问我
你死去过吗?

2020.5

现代音乐

笛子一长串响亮的小眼睛
黑管的沙漠里狼烟升起
大提琴回荡父亲的思想
小提琴的技巧树叶繁茂的枝条
钢琴的脚步涉过月光的小河
闷气的小号晕头转向
指挥先生被打得遍体鳞伤
我放一盘磁带
一挺机枪搅紧的弹盘

1987.9

死亡

前天是一只手枪
今天子弹才追上我
如果我知道
扳机已在前天扣动
昨天我一定
不会快活

1987.10

让我告诉你

让我告诉你
海洋在沉默中
仍然翻滚泡沫的想象
岩石的防护林
只有梦和雨点
才能到达
风平息以后
树林还在响
让我告诉你
明天和今天一样长
让我告诉你
前天是一堆煤渣
历史燃烧后的灰烬
昨天是一桶石灰
把故事
刷在今天的墙上

1987.10

梵高

人人为你写诗
梵高，但我真的喜欢你
你翻滚的星空里
像有火星人
那些可能曾是救星的
生物。教堂在夜里伸出胡须
抚摸群星的飞艇
神秘来源于神经不正常
真的，梵高
就让我喜欢你好吗
又火热又忧郁
又明朗又疯狂
看你的传读你的画
就像在疯人院里打牌
又兴奋又恐惧
梵高
我是你的向日葵
你只用三笔
就画下了我

1987.3.2

你画落了耳朵　梵高

你画落了一只耳朵
梵高　它在泥土里
像古铜的喇叭花
只剩下我还知道
它曾经在一块
怎样的画布上聆听
只有在插图和故事里
每一次　它才完整得
仿佛永远萧条的
城镇　可是
梵高
他们不知道
你终是遗忘了

你再不能
画上那只缺了的
耳朵吗？梵高
就像你永不能
和我说话
你或许愿意　梵高——
给那些垂死的向日葵

画一颗注满果汁的
小太阳

1987.3

静物

沙漠　骨头
乌龟壳
然后是一颗潮湿的眼珠

1987.4

潮汐涨落

潮汐涨落在庄严的梦里
我知道南方的天空又要淌出流星了
淘汰的种子埋进泥土
开放出黑色的花朵
太阳在咖啡里那么混浊
而雨珠凝结后滴下来
却在黑发上明亮很久
灯光熄灭了
我看见那鬼祟的包裹
正蹒跚着
躲进隐秘的
墙角

1987.5

惯例

回忆让灵魂
安然待在
萧条的坟场
向往也使我们
平静

太阳难免落入
大地残忍的掌心
我们只在夜里表示
我们的感激
巫师的预言
最后总应验了
他自己

偶然吗？不
心灵注定和眼珠
一同在真正的黑夜
封闭

1987.6

一夜无话

作为逃避的理由
历史早就待在
我们安全的
骨节中间
有天晚上
我从梦的沙发背后
找出了
那条失落的皮带
从此在提到历史的时候
皮带总把我勒得很紧
于是在夜晚
我知趣地忘掉责任
忘掉沉重
跟着喧嚣的脚步
融进很老很老的夜色

1987.6

无题

紧抽一口
看鲜血渗透灰败的皮肤
祝贺的名字
一直排到最后
小巷里
纯情的人
依然在走
这是春天里
最浪漫的一天
窗灯在证明诗歌
突然传来一声凝噎——
痛苦就在此时
成为罪过

1987.10

梦境

有天早上
我笑得像只猫
轻飘飘蹲在树梢上
看我的墓地从山谷间凸起
坚硬　花白的槐树
网住了五月
空旷的田野静悄悄没有声音
等待寂静的兀鹰
制造了新的喧嚣
我没有出声
记忆
每天黄昏
都被杀死在日记里
而那冰凉的墓碑
高大得一如你我的想象

1987.7

我看见

我看见在那最明显的目光
和最准确的钟表之间
在那没有任何概念的石头之间
蒙昧和文明在殷红的河谷洗涤双手

我看见忠诚的稻草人
被呛死在掺合雨滴和泪珠的语言里
一个在灯塔和浪花间等待的人
虚伪地背叛了海轮

我看见在那废弃的矿场上
石头和天空
表演着那个永恒的
死亡的戏剧

1987.7

传说

表情冷漠的广场
孤独的艺术家在收集
一年一度从缺口吹过的尘沙
为各种颜色的躯壳
塑像

石板大块大块地躺着
汗水淋淋
一直躺到晚上

在陶器和古绸之外
这是已经消失的传说
石板颠簸着人群
背后是诡秘的目光

我们穿上衣服重新坐起
表盘就挂在腰上
晨霜冻住了指针
而闹铃一直在响

人们开始注意时间

因为河床溢出卵石
到处是这些死亡的种子
受引诱的黄蜂
终于在凌晨
射出它唯一的箭
命中了一阵莫名的喧嚣

1987.8

幻像

心怀忐忑的石子
远远避开了池塘
它害怕被某个嬉戏的男孩
无意间拾起

太阳
倒悬在正中
让所有的人
失去了影子

从不哭泣的猫
在黑夜进入生活
黄昏前它终于克制住兴奋
只是激动得浑身发抖

装神弄鬼的树梢一动不动
凝固着它们千奇百怪的欲望
你心神不定地四处打量
接着你看见一只老朽的山羊
因为岁月
它的鼻梁闪闪发光

不过那散发腐臭的胡须
倒是从出生
就一直那么长

你就这样站了一会
搭讪着告诉自己
这不过是个可怕的梦
但那山羊突然抬起了头
你松口气，趴在地上
开始放心地
吃草

1988.7

后记

诗歌和音乐对我来说都是神秘之物，它们不知从何而起，又不知为何而终。两样我都尝试过，至今不明所以。我这样说是诚实的。我还想诚实地说一句，我很希望这种不明所以能够保持始终——虽然随着不断的阅读，这种不明所以很可能变成自以为是。

关于诗歌，我没有什么可说的，只是想起安德拉德的一句话，他说，我摘光了花园里所有的玫瑰 / 两手空空来到你的面前。

感谢贵州人民出版社，感谢廖国松先生和李寂荡、钟硕、赵卫峰、郑瞳还有张东诸友，他们非常宽容地看待一个写小说的人写出来的诗。尤其要感谢邹欣，他就像没别的事可干一样，随时在贵阳和成都等着我那些长长短短的文字并即时反馈他的意见。

最后，我还要感谢董重，他授权同意用他的作品作为诗集的封面和插图，让语词之外，多了另一个维度。

这是我的第一本诗集，但愿不是最后一本。

戴冰

2022.5.15